我的名字

乐 茵 著

北方文艺出版社

·哈尔滨·

图书在版编目(CIP)数据

我的名字 / 乐茵著. -- 哈尔滨 ：北方文艺出版社,
2025. 1. -- ISBN 978-7-5317-6544-8

Ⅰ. Ⅰ267

中国国家版本馆 CIP 数据核字第 2025GF3400 号

我的名字
WODE MINGZI

作　　者 / 乐　茵
责任编辑 / 宋雪微　　　　　　　　封面设计 / 杭州众书
出版发行 / 北方文艺出版社　　　　邮　　编 / 150008
发行电话 /（0451）86825533　　　经　　销 / 新华书店
地　　址 / 哈尔滨市南岗区宜庆小区 1 号楼　网　　址 / www.bfwy.com
印　　刷 / 四川福润印务有限责任公司　开　　本 / 880mm×1230mm 1/ 32
字　　数 / 120 千　　　　　　　　　印　　张 / 6
版　　次 / 2025 年 1 月第 1 版　　　印　　次 / 2025 年 1 月第 1 次印刷
书　　号 / ISBN 978-7-5317-6544-8　定　　价 / 66.00 元

目 录

旧光影

红觞情

闲暇行

旧光影

这个世界上，或许我们拥有的东西都有时效，命中注定，不可更改。

很多东西，我其实不愿去回忆，却偏偏不能忘记。那些旧有的时光，时光里的人和事，总是无声无息地萦绕着自己，叫人沉迷。

我的名字

我的名字是外公取的。

外公有学问，毛笔字写得好，我妈和我舅舅、阿姨们的名字都是他取的，所以我一出生，起名字的任务自然非他莫属。

说实话，外公起的名字都很不错，到我这儿就有点"迷"。据说一开始叫我"向群"——心向群众，遭到家里人一致反对。又不是要当领导，女孩子叫这名，土不土？那时开始流行单名，于是外公最后定了个"茵"字——绿草如茵，美吧？挺适合女孩子。而且用这名的人不多，加上我的姓，即便是单名，重名的概率也很低。

等我上了学，某天一查字典，原来这字基本就一个解释——垫子或褥子。反正不是被坐着、压着，便是被踩着、踏着，这这这……啥名啊！

其实按照我爸家的辈分取名，我是"美"字辈，取个双名想美啥美啥。可又说女孩子的名字不按辈分也罢，再加上我妈在家里的地位明显高于我爸，所以，就……唉！

后来我看了本关于名字和运气的书，大旨是说名字的好坏关乎人一生的命运。好比我若叫"向群"，说不定长大还真能

当领导。我照书里所写查了自己的名字，倒还行，不算好也不算坏。你看，中国香港演员不是有叫"朱茵"的，宋代有个男诗人叫"叶茵"，当代好像还有位女作家叫"黄茵"。但我还是给自己取了个笔名，颇为迷信地根据什么五音、五行、五格的规则算了算，用来写一些虚构的东西。

要说我这本名念着蛮好听，但很多人光听不知道是哪个字，你要和他说绿草如茵的"茵"，他可能还要想一会儿。这个字写起来简单，却容易出错。读小学那会儿，就有老师喊我"乐苗"。"乐苗"也罢了，一棵小苗，祖国的好苗苗……寓意还行。

但念成"菌"写成"菌"的又是怎么想的？有一次我妈带我去医院看病，回来发现新的病历卡上医生抄错了我的名字，她为此很是发了一阵愁，不知道会不会影响医药费报销。真是的，医生叔叔，你们家孩子起这名吗？菌菇的"菌"？哦，没准儿那会儿他想的是细菌的"菌"。

进初中，语文老师在课堂上问我的姓怎么读，我说快乐的"乐"。老师说不对，读错了。我说我们家一直这样读啊，她说不对，一直读错了。彼时刚好在教《乐羊子妻》，老师说我这姓应该读"悦"，乐羊、乐毅，都读"悦"。老师自信而坚持，我心想悦就悦吧，你高兴就行。

于是大家都这样叫我，除了我自己需要些时间适应，他们都觉得比原来的好听。音乐老师让我做课代表，上课老喜欢点我回答问题。天晓得，我没有一次能回答准确。就算叫"音乐"，音乐也不一定好啊！有一次，我和同学在外面玩，突然感觉不

旧光影

舒服。她着急忙慌地送我去附近的医院挂号看病，跑来跑去帮我打点一切，最后又送我回家。我晕晕乎乎，到家一看病历，好，这次医生给写了个岳飞的"岳"，我妈再次为能否报销医药费发了一阵愁。

高中时，语文老师问我的姓读啥，我说不是"悦"吗？她说多音字看你家怎么读。那时班里有不少一起直升上来的初中同学，一时改不了口，于是我就在两个名字间自由切换。

至今我也不知道我的姓到底该读啥，只知道比较稀少，所以见着一个同姓便觉亲切，马上要问对方祖籍哪里，是不是浙江镇海，名字有没有按辈分取，然后算算这人和自己的辈分关系。

我在网上看到宁波北仑有个"乐氏宗祠"，据说是那边历史最悠久，保存最完整的宗祠，又看到一百零四字的宁波乐氏字辈。其实那些不是随意选择、随机排列的字，而是一首四言诗歌，用来取名。我在祖父留下的几页纸上发现那一百零四个繁体字按四字分隔，抬头三行赫然是"浙江省宁波府镇海县蔚斗庙崇邱乡水阁村小港街里七架屋""乐氏祖遗""预定取讳世次歌"。

曾有人说全世界乐姓十有八九出自镇海，不知道是不是夸张，但上海姓乐的人多半来自宁波。史载唐昭宗时大司马乐仁规、大司寇乐仁厚兄弟归隐宁波，为序后世宗族，以乐汝祯为一世祖，修撰乐氏宗谱，所以就有了这首《预定取讳世次歌》的第一句"汝考定仁"。第七句为"贤良敦厚"，二十六世"良"

5

字辈的乐良才，于朱棣迁都之际由宁波迁往北京，始为北京乐氏一世祖，不再按原宗谱取字，其曾孙乐显扬创建了同仁堂。据说电视剧《大宅门》讲的便是同仁堂的故事，冠以白姓，可能是取了繁体"乐"字的一部分吧。

诗歌的九、十句"寅嗣俊秀，嘉美可逢"被祖父用红笔圈了出来，就是我们这几代人的取字了。我曾经遇见过一个"俊"字辈的学生，心说这小屁孩竟然是我的曾祖辈，又遇见一个年龄比我大的"逢"字辈，暗乐这人是我的孙子辈。

祖父留下的纸上还记了不少名字，我去问父亲，拼凑起一些旧日回忆。

曾祖父开工厂，中华人民共和国成立后，祖父在铁路局做勘测绘图设计工作，一个月工资七八十，妻家做玉石加工生意，总体而言家境不差。我爸是祖父最小的儿子，姑妈那会儿老和我妈说以前家里有多少好东西，什么吃饭用的银台面，什么银碗银勺银筷。大伯父又说我爸小时候得过脑膜炎，这病那会儿几乎看不好，全靠祖父一天一根"小黄鱼"让医生一直守在身边。说完了大家面面相觑，我仿佛听见他们在心里说"这败家孩子"。

诚然，我爸可能在败家的道路上贡献了自己的一份力。但"君子之泽，五世而斩"，何况普通人呢？再遇上些战乱祸患，衰败几不能免。宁波老家有一套极好的红木家具，特意转移到曾祖父开的厂里，不想一起被炸为齑粉。

还有新昌路上的一栋楼房,也一间间租了出去。听我爸说,那房子一层有天井,二层其中一个厢房有八扇窗户,很是宽敞明亮。再上去又搭了两间阁子。一共三层楼,住着十来户人家。有做裁缝的,有卖小点心的,有开煤球店的,有在报馆和煤气公司上班的。报馆的那位有汽车接送,煤气公司的只有他家能用上煤气,三层阁上还住着个画连环画的徐一鸣。我爸说他画《三国》,画的战马是一绝。每次画好的稿子交上去,退回来少便高兴,退回来多就情绪低落,反正不管开心不开心,都要喝老酒。

祖父的结婚照就是在那栋楼里拍的,但后来终于拿不出维修房屋的钱,交归国有,反过来租了楼里的房子住,直至完全搬离。

亲戚中有人去了香港和台湾。祖父在世时,他去香港的哥哥春节会寄来贺卡,红色的像请柬的那种,挺好看。也寄来过黄油、方糖、布料和"的确良"衬衫,还有港币(可以拿到华侨商店买粮食与日用品)。台湾的信件和东西要从香港转,这些都要经过派出所检视,有些被退了回去。记得我小时候,居委会干部夜里来敲门,说"你们家有港台关系的对伐",我爸门也不开,忙不迭地说"我们不联系的",居委会干部隔着门说"没事的呀,现在可以联系,叫他们多回来看看"。

一个去台湾的伯父后来回来过两次,送给我一支派克笔,大家一起吃了饭。

其实,我在"败家"的道路上也不是没做出过贡献。家里那个侍女浮雕的彩瓷印泥盒，就是被我小学时带同学到家里疯玩给砸裂的。还有一个极具异域风情的木盒子，底下铺着丝绵，放着各种小颗粒的宝石，也被我玩着玩着不知玩到了哪里。但祖父的那几页纸和那本他自己画了封面的中国地图册，父亲拿给我后，我则一直保存着。那些纸里面，还有两张祖父用水彩笔画的中国地图和世界地图，最后一页，他画了镇海老家的祖屋与祖坟的位置示意图。

我看着图上标注的字：海面，岛，宁波轮船码头，镇海轮船码头，摆渡，小火轮，由上海开往宁波，小港，石桥，街里，七架屋，青峙岭，坟、亭，上坡……祖屋画着大门，进门的庭心，后面的厅、屋子，两边的备弄和厨房，清清楚楚，宛然在目。

那是连我父亲都没去过的老家，祖父在纸上用红蓝色的笔画得认认真真。这原该是一本本子，却只零落成了薄薄的几张纸。

但这几张纸，又是那么厚重，以至于我看着它们，摩挲着它们，感觉到一种“穿越时空的联系”。

什么时候去纸上画的地方看看呢？去看看那里的乐氏宗祠，当我迈步进去，能稍有底气地在心里说一句“不肖子孙拜谒先祖”。

姓氏关联着血缘、宗族，记载着先人的艰辛与荣光，所以被我们格外看重，总想沿着这条脉络慎终追远，探寻自己的前路。我是谁，从哪里来，往哪里去？虽然宇宙这么大，地球亦

不过微尘，但花在枝头月在天，"耳得之而为声，目遇之而成色"，听一夜春雨细细，见一片绿草茵茵，还是会心生欢喜。

"已识乾坤大，犹怜草木青。"何况是一代代的人呢？

关于"茵"，还有个"茵陈"的字义，一种本草，又注"经冬不死，更因旧苗而生，故名"。起名网站上说这个字"有绿草如茵、象征生机的寓意，作人名时主要取其香草或香气弥漫义"。

或许，本不是我想的那样。

其实，有没有按字辈取名有什么关系呢？无论叫什么名字，我都是乐氏子孙。无论男女，一样可以承继祖先的努力与荣光，不管耽搁了多久，不管悟得多晚。

绿草如茵，原是美丽而充满生机。茵陈经冬不死，因旧而生，更是坚强坚韧，即便被践踏又如何？

尼采说，"凡不能毁灭我的，必使我强大"。大地不也以其厚实而承载万物？

哈哈，稳住。

胸　针

　　也许是女人天性，我从小就喜欢各种精美的饰物。没事的时候整理自己的妆盒：戒指、项链、耳环、手镯……真的假的，居然攒了不少宝贝，却没有胸针。

　　怎么会没有胸针？那可是我儿时一度狂热追求的对象，亮晶晶一枚别在胸前，总叫人一天忍不住低头看上三百回。

　　我遗憾自己竟没有保存下一枚，但我分明记得它们美丽的样子。

　　有一枚花朵样的胸针，是舅舅给我买的。金色的花形底座上缀满彩钻，还有舒卷的长叶和姿态优美的叶柄。

　　那时我读小学，舅舅刚工作不久，因为单位在郊区，一周才回一次家。每周六只要他回来，便会接我一起去外婆家。有个卖胸针的小店，就在我们乘坐的 18 路电车的车站旁。

　　那枚胸针是我一眼就看中的，个大价贵，在陈列了一柜面的胸针里好看得扎眼，标价十元。

　　那年学校门口的麦芽糖两分钱，电车票价最低四分钱，一根雪糕八分钱。十块钱，简直是笔巨款。

　　我望着那好看的胸针两眼放光，但我知道这不是我该要的东西。电车还没来，等在站头上太无聊，我又跳回小店里，巴巴地隔着柜台玻璃瞧。就这样跳进跳出三回，舅舅拉住我说："别走了，舅舅给你买！"

我说："不要不要，我看看就可以。"

说完我回到车站，18 路还没来。过了一会儿，我又慢慢挪到柜台前。

尽管我摇了无数次头，说了无数个"不要"，舅舅还是坚决地买下了那枚胸针。

我从小是个节俭的孩子，我不乱花大人的钱。但那胸针实在太好看，好看到我小小年纪即使充满负罪感，还是渴望拥有它。我小心翼翼地藏着它，不敢告诉爸妈。因为他们知道了，肯定会说我花了舅舅那么多钱，买了个华而不实的东西回来。

后来我偶尔拿出来戴；后来它被我不小心折断了花朵下的叶柄，但它依然好看；后来我戴着它蹦蹦跳跳松脱了背后的别针；后来我彻底不知道它的踪迹。

我甚至不知道它最终掉落在哪里，但它在我脑海里的样子，一如那个周末午后静静躺在玻璃柜台中光芒四射的鲜明。我一直记得它怒放绚烂的美丽，也一直记得我跟舅舅在车站和柜台间的拉锯。

"你喜欢，舅舅给你买。"

"不要，太贵了。"

"舅舅有钱。"

"不要，妈妈要说我的。"

"买了不告诉她。"

"戴了她会知道的。"

"知道就说舅舅硬要给你买。"

"……"

我实在不该弄丢它的，哪怕它已支离破碎、黯淡无光。

还有一个红宝石胸针，是高中那年我在班级圣诞联欢会上抽到的礼物。

很大的一颗红宝石，镶嵌在镂空雕花的银色框架中。宝石自然不是真的，但一样红得流光溢彩，衬着外围一圈金属色和底下一排珠穗的装饰，精致大气、典雅活泼、动静相间。

我已经想不起来自己准备了什么礼物，但我抽到了班长的那个红宝石胸针。虽然我早就不似儿时热衷于胸针，但比起礼物中清一色的文具用品，自然叫人喜欢。

谁的礼物谁来送。班长笑吟吟地走到我面前，说："这么巧，你抽的是我的圣诞礼物。"

我望着他打开的手掌中的红宝石胸针，有些小惊喜。班长说："我来给你戴吧。"

联欢会结束已经很晚，班主任要我们顺道结伴回家。班长说和我一起走，我想他似乎并不完全与我同路。

冬夜里空气冷冽，梧桐树的叶子落了一地。我戴着那枚发着微光的胸针和班长并肩走在街上，抬头看浅蓝深黑的夜幕中泛着光晕的月亮，有着不同往日的素白妖冶。

我最终没让班长送我到家，在一个路口执意和他告别。

很多年后，碰到一个从初中同班到高中的同学。她问我："你知道班长那时喜欢你吗？"

我一愣，说："不会吧。"

她说："你傻啊，人家从初中喜欢你到高中毕业，以后怎么样就不知道了。"

我说："是吗？"

她说："当然。我们都长了眼睛，而且也不瞎，那年圣诞他不是还送过你一个胸针来着？"

我挠了挠头："那是随机抽的好吧。"

她大叫："你真傻啊？一个男生巴巴地准备个胸针做圣诞礼物，他怎么晓得一定会被女生抽到？编号、登记、抽奖，都是他一个人做的呀！"

我瞪大了眼："可是众目睽睽，这，这……还是很有难度的啊。"

她笑："所以说用心良苦嘛。"

我愣在那里，努力想着那枚红宝石胸针的去向：邻居家的一个小姑娘见了喜欢，我大方地送给了她。

我终究不是它最后的主人。

这个世界上，或许我们拥有的东西都有时效，命中注定，不可更改。

但那些深挚的情意却依然叫人感念，让人想去珍惜。

这样的美好，也是不知要修多久，才能得来的。

摇啊摇，摇到外婆桥

一

"摇啊摇，摇到外婆桥，外婆叫我好宝宝……"这是我记得为数不多的童谣，也仅仅记得这两句，却像是长在了心坎上。

我是独生子女，独生子女什么都好，就是孤独寂寞了些。在我还是个小孩子、渴望有人陪伴的时候，却常常独自在家。所以，我喜欢去外婆家。外婆家有外婆、外公、舅舅、阿姨和表妹，人一多，做什么都带劲。

外婆是个顶能干的人。你要问有多能干，反正我觉得这一大家子全靠她撑起来。虽然我妈说外公才是顶梁柱，但我看他总拿张报纸一坐半天，啥活儿都不干。外婆可是忙里忙外，除了在"上外"学生食堂上班，还要负责家里的一日三餐、清洁打扫，家务活全包全揽。

外婆烧得一手好菜，一碗肉饼子炖蛋，光倒点汤我就能干掉三碗饭。每天她一早去菜场买菜，准备早饭，大饼、油条、泡饭、腐乳、酱菜、咸蛋，品种齐全，再给我下碗小馄饨，那味道真是谁也弄不出来。晚饭不烧菜的时候，外婆就包大馄饨。

桌子上只摆一锅酱油汤，每人舀几勺到盛了馄饨的白瓷碗，你一碗，我一碗，围在一起吃得"稀里呼噜"。人多热闹，胃口便好，我那时的纪录是一口气吃了二十一个馄饨，撑到不得不去松裤腰带。

过春节，外婆更是忙碌。蛋饺、肉圆、汤团的制作，全由她亲力亲为，而我正放寒假，可以在外婆家开心自由地多住几天。外婆做蛋饺，我蹲在一旁看，忍不住也要弄两个试试。长柄圆勺在火上烧热，夹一块肥猪肉"滋啦滋啦"地擦拭，倒一调羹蛋液，转啊转、转啊转，转成圆圆的一片，加上肉末，再用筷子把两边的蛋皮粘起来，油亮金黄，香气扑鼻。

做肉圆，我基本是等着吃。外婆把炸好的肉圆从铁锅中捞出来，我就迫不及待地放一个进嘴里，烫得直哈气。说实话，什么红烧，什么放汤，刚炸好的才原汁原味，热热乎乎，吃得人心满意足。

做汤团工序有些繁复。首先要去整个石磨来，这家伙重得不行。磨嘴上套个布袋，然后把洗好的糯米一勺勺放进磨盘上的口子里。外婆叫我放糯米，我却喜欢转磨盘，看乳白色的汁液从两爿磨石的缝隙处不停地流出来。但这活儿其实不好干，转几下好玩，转多了就没力气，于是交由外婆全权接管。外婆放一勺糯米，转几圈磨盘，转几圈磨盘，放一勺糯米，周而复始。等糯米放完，布袋里的汁液已满满当当（奇怪，居然不会漏），取下来扎紧袋口，平放在地，压上重物，过一个晚上，里面的糯米汁便结成了糯米粉。哦，这还只是第一步。

吃年夜饭，人多菜多要摆圆台面。有时去云南插队的大阿姨和宁波的表姨会带着小表妹、小表弟来，挤不上圆台面，外婆就把我们几个小孩安排在一旁的小桌。虽然上不了主桌，好吃的却一样不少，且往往能先吃为快。切好的红肠和酱牛肉、拌好的海蜇和萝卜丝、炸好的春卷和龙虾片、炒好的虾仁和鱿鱼块，外婆总是先盛一点到我们这儿，汽水也有得喝，小杯子碰一碰，不要太开心。

大年初一的早上，我们还在睡梦中，外婆已经搓好了一个个滚圆白净的黑洋沙汤团，用半湿的纱布盖着，起来每人吃一碗，团团圆圆。还有奶油蛋糕，奶白、麦淇淋、纯奶油，白色、咖啡色、奶黄色，一种比一种上档次，装在高高圆圆的蛋糕盒子里，多半是亲戚朋友拜年所送，切开来一人分一块，甜甜蜜蜜。我大抵总能吃到一朵花，舅舅阿姨可以吃到一点绿叶或"新年快乐"，外婆则总省给我们，自己连边边角角都不吃。

天气慢慢热起来，外婆开始腌咸蛋。鸭蛋抹了黄泥巴封进缸子，到时候拿出来洗干净，煮熟了就能过泡饭。立夏那天，我还能用红色的网兜装一个挂在脖子上显摆。

端午，外婆会包粽子。鲜肉粽、白米粽、赤豆粽，口味丰富。我最爱吃鲜肉粽。洗干净的碧绿粽叶圈起来，放进白花花的糯米，加一大块五花肉，粽叶折几下，绳子绕几圈，扎成个紧实的三角包。这活儿以我的动手能力，则完全不行。

夏天的夜晚大家围着吃西瓜。西瓜捧出来往桌上一放，外婆手起刀落，脆生生切好几排，你一片，我一块，须臾便被消灭完。买西瓜的任务多半由舅舅负责。白天他顶着日头溜达出去，不一会儿就扛回一麻袋西瓜，搁到床底下，每晚挑一个出来吃。

二

我读小学的时候，舅舅因为单位远周末才回来，每次回来就接上我去外婆家。舅舅待我好得没话说。比如，若我对什么吃的玩的有点想法，只要站在摊头或柜台前多望两眼，他就立马要掏钱了。不像我妈和我阿姨，带着我和表妹逛街，我俩看中一个玩具，跟在她们身后哭了一路也没给买。

每次我赖在外婆家不想回家，舅舅总是帮我说话，他接我去外婆家的次数也最多。有一次里根访问上海，公交车停开，车站上挤满了人，天快黑了还是一辆车子不来，我都记不得那天是怎么到外婆家的。又有一次舅舅来接我，拎着个褐色的缸子，里面一整块不知道是海蜇还是水母的东西（这俩不是一种东西），泡在闻起来酸酸的水中。那缸子沉得不行，再加上大半缸子的液体和那一层厚实之物，一路上晃晃悠悠，真是艰难。舅舅把缸子放在地上休息，我跑过去帮他拎，根本提不起来。不知道他打哪儿弄来，也不知道吃了有啥用，总之是孝敬外婆的。嗯，舅舅一直是个孝顺的孩子，是外婆大大的福气。

大阿姨从云南回来会带好多东西，多到扛不动。我最喜欢她带的油鸡枞，就是汪曾祺散文里写的那种，但我觉得比散文

里写的还要好吃。她在山里挑了野生的鸡枞菌回来，用辣椒和油炒熟了装进罐子，一路带到上海。云南的菌子本就有名，汪曾祺说鸡枞是菌中之王，味道鲜浓、无可方比。你想想，把如此之物加了辣椒在油里煸煸炒炒煎煎熬熬，精华尽出，那是怎样的美味啊！单说下面条，往汤里添一撮，其他什么都别放，味道就好上天。便是只滴几滴熬鸡枞的油，也要鲜掉眉毛。

大阿姨还会做煎饺（这个只有她做得好），她回来我们才能吃到。冬天周日的傍晚，妈妈领着我从她厂子里出来。天气阴沉沉，又暗又冷，我立在公交站头，想着明天一早又要读书，心里简直凄风苦雨。妈妈说我们去外婆家吃晚饭吧，我一下惊喜。到了外婆家，大阿姨正在做煎饺，又是大惊喜。虽然晚上还要顶着寒风回去，但感觉真是赚到了呀。

三阿姨又叫"上班阿姨"，小阿姨也叫"读书阿姨"，因为那时她们一个已经上班，一个还在读书。三阿姨带我去过她单位，一样是好远，远到附近竟然有个养牛场，能看见大活牛。三阿姨管仓库，一个很大的房间摆着几张办公桌，一排排架子上放着各种东西，一道木栅栏的推门分隔内外。

我挺喜欢去三阿姨的单位，虽然她忙着上班，也没人跟我玩，但那里其实有不少好玩的东西。比如木栅栏的门猛蹬一脚站上去，可以来来回回晃半天。盒子里的回形针一个个穿起来，戴在手上、脚上、脖子上、头发上、耳朵上，亮闪闪的挺好看。食堂的饭菜简单可口，青菜加荷包蛋，尤其是荷包蛋，筷子一戳，橘红色的蛋黄慢慢流出来，拌饭别有风味。我在她工作的

地方"大闹天宫"，她同事总要吓唬我说"你再皮，领导要来骂你阿姨了"。我就冲他做鬼脸，会吗会吗？像我这样好看又可爱的孩子（原来我打小就自恋）。

在外婆家，小阿姨的手绝对是最巧的。结个绒线、钩顶帽子、织双鞋子，全是小意思。她能看着书自己剪裁做衣服，有时候还能设计出新款式，什么裤子、裙子、睡衣、罩衫，反正从头到脚、从里到外都能搞定。她还会梳各种发式。我读初中那会儿，流行一种"百结辫"，好看但费工夫。我妈怎么都不会，她瞧两眼就明白。我于是周末到外婆家让她帮我编好，回去小心翼翼地睡觉，这样可以在学校美上两天。

可她有时候不肯让着我，有时候还打我，我便叫她"胖头鱼"（她那时长得有点胖，也不知道谁给她起的绰号）。她正是爱臭美的年纪，最忌讳别人说她胖，又追着打我。我跑到外婆面前告状，外婆虽然说她，也不能拿她怎样。因为除了舅舅，她是外婆最宠的小女儿。

三

外婆有五个子女，我妈是老大，大阿姨是老二，表妹是大阿姨的大女儿，比我小一岁，自云南出生不久便被抱来上海，养在外婆家。我去外婆家主要和她玩，虽然有时不免吵架，但一起吃饭，一起睡觉，一起干各种不靠谱的事还是我俩。我们一起看动画片，一起看《青春的火焰》，在打烂了几个充气塑

料球后，只能团了报纸在那里练"晴空霹雳"和"流星赶月"。一次，我不知从哪里拾来株枯枝，我俩在屋外的园子里挖坑、种植、浇水，想象着它有一天能吐出绿芽、开出鲜花。其实许多努力不过白费，有时也明明知道会是白费，却依然享受那执着的过程。自然，我们也没少去"上外"印刷厂的废纸堆"淘宝"，捡一堆垃圾（各种被印坏丢弃的纸）回来。不过有一次我捡了本高等学校教材《古代诗文选》，虽然书已破烂残缺，却至今摆放在我的书架上，我偶尔也会去翻翻。要知道《西洲曲》和《春江花月夜》，我都是从这书中背会的呢。

电视里只要放《茜茜公主》，我俩就一定要看，不管放几遍，不管多晚放，经过艰苦卓绝地斗争，半夜还坐在电视机前聚精会神，只有外公陪着我们（因为他要负责关电视和电源，哈哈哈）。

外公在外婆家是绝对的权威，舅舅、阿姨和我妈都怕他，我们却不怕，常常同他开玩笑，他也不会拿我们怎么样。有一次我和表妹在床上跳来跳去，大声念着挂在墙头镜框里的字，那是他和外婆退休的奖状。外婆退休后还在"上外"食堂上班，外公则整日悠闲。"某某某同志光荣退休"，我和表妹念外婆的名字。彼时语文课正教近义词与反义词，"光荣"的反义词是什么来着……"某某某同志啥啥退休"，我们想起那个词，大声念着笑倒在床上。

外公身体健朗时，曾经带我和表妹去看电影。哪个电影院记不清了，反正离家有点远，要乘车。看的是啥倒还有印象——《岳

家小将》，里面有首什么"小百合花"的歌，一直唱，一直唱。

那是个夏天，电影散场下起了雷阵雨，雨点砸在地上"噼里啪啦"。外公只带了一把伞，要遮住三个人有点勉强。外公撑着伞，叫我和表妹一左一右靠紧他，眼睛看着脚下，别踩到水塘里。

可我们似乎总爱同他对着干，故意往伞外面挪。天气那么热，淋点雨正凉快，穿着塑料鞋，脚早湿了，还怕沾水？看见不远处有个水塘，走近了大步迈去，一脚踏得水花四溅，开心极了。

外公就这样带着我们一路跌跌撞撞回到家，被外婆数落："怎么你身上没湿，两个孩子都湿透了，伞都给自己撑了？""嗯嗯，就是就是。"我们一边偷笑，一边点头附和。

如果说寒假去外婆家可以享受过年的热闹与快乐，暑假可真是悠闲漫长的时光。每天洗了澡，吃好晚饭，点上蚊香，拿把凳子、搭张躺椅在院子里乘凉，听知了鸣唱，看星辰闪烁。

夜深了，乘凉的人一个个回屋睡觉。"夜游神"的我却睡意全无，外公也不睡，打着蒲扇陪我继续遥望星空。

很多很多闪亮的星星，大小不一，缀在深蓝的天幕上。有大大的一颗特别明亮，接近于金黄的颜色，也有几颗小小的暗淡惨白、交错夹杂。

不知哪儿吹来了风，夏夜里难得的凉爽，知了不再鸣叫，可能也已睡着。我问外公哪颗是北极星，他指北斗七星给我看，偶尔竟有流星划过。我又问他"牛郎星"和"织女星"的位置，

他指了两颗出来，也不知道是不是瞎指。然后他跟我说，其实他们家本来不姓"王"的。

我一下来了兴趣，问他不姓王姓啥，为什么会姓王？他说他们祖上是个什么王爷，太平天国时为了避乱而改姓，改什么好呢，思来想去，就改王爷的"王"吧，这些当地县志可是有记载的。

真奇怪，居然外公和我妈、舅舅、阿姨的姓氏是这么来的。那王爷原本姓什么来着？爱新觉罗、叶赫那拉……是满族的王爷还是汉族的王爷？是清朝的王爷还是太平天国的王爷？

那时候我或许太小，小到连这些问题都没有好好想，好好问。但长大了又怎么样呢，我还是没记得问。又比如都说外公的毛笔字写得好，我却从没跟他好好学过。

我只是越长越大，去外婆家的次数越来越少。

四

我刚工作没几年的时候，常在外面读培训班，学这学那，有时一读就要读一整天。

一天下午，课才上了一会儿，妈妈打电话来说外公不大好，叫我下课去趟医院。在这之前的十几年里，外公已经做过两次手术。年前他感觉有点不舒服，但我们都不认为会有什么大问题。

我继续听课，心里却不安定起来，也不晓得老师在前面说了些什么。课间休息，我决然拿着包离开。走到外面打的，市中心很难叫车，旁边正好是地铁站，我就去坐地铁。

我坐在晃荡的车厢里，心也跟着晃荡。我想自己一个学中文的，去读什么托福、GRE，是有什么毛病？

电话又来了，是我爸打来的，地铁开门关门报站的声音有些吵，我听他好像在说外公不行了，我大概赶不上了。

我拿着手机从座位上站起来，我说："不要，等我！"

我挂了手机，站在车厢门前，等门再次打开，拔腿就往外跑。

这是哪一站，我不知道，我从没在这里下来过。我跑出地铁站，立在一条不认识的小马路上张望。正好有辆出租车开过来，我一扬手坐上去。我让司机快点开，我说我外公在医院。他开得很快，但我还是不停地叫他快点开。他报了个数字，说"小姑娘，不能再快了，再快要飞起来了"，我想飞起来就飞起来吧。

车子停在医院门口，我付了钱急急忙忙下车，连找头都没要。我奔进医院，奔进大楼，奔进过道，奔上楼梯。这个医院有没有电梯，不知道，反正我之前也没看见。病房在几楼？四楼还是五楼……我在楼梯上奔跑，飞快地转了一个又一个弯。

等我踏进病房，大阿姨第一个来扶我，大概我脸色很难看，又喘得不行。幸好她回来过年，幸好她过完年没马上回去。所有人都到齐了吧，外公还有呼吸。

但他没有睁眼，也没说话，过了一会儿，医生说外公走了。

时间好像是下午三点三十三分，那天又是三号，好多个"三"，是要"散"的寓意吗？

这是我第一次直面亲人离去，说不出的感觉。我和表妹木然站在病房外，等大人们给外公换好衣服，送他去医院的太平间。

大阿姨在太平间门口摔碎了一只碗，我不懂这是什么仪式，但那个声音却清晰得叫人不能忘记。

爸妈要留在外婆家办外公的后事，我第二天一早还要上班，他们叫我先回去。小表妹（大阿姨的小女儿）那时的单位离我家近，她便跟着我回去，两个人有个伴。

晚上，我们躺在一张床上说了好多话，直到慢慢睡着。半夜里，我醒过来，发现台灯没关，昏黄的光芒亮亮照在头顶。

我忽然觉得心里很难过，终归是有什么东西回不去了。

五

外婆家的门前也有座桥。

夏天的傍晚，外公打着蒲扇走到桥上纳凉，我和表妹有时会在桥上玩。那条河不宽不窄，离桥很近的地方有一根粗粗的圆管，凌空架在河面。我那时总有一种想站上去的冲动，想从河的这边走到那边。但我一次也没付诸实施，因为我虽然贪玩，却不敢冒险，实在是个谨小慎微的孩子。

我只是常站在桥上张望，看河滩的杂草在风里摇曳，看外婆有没有下班，看舅舅、阿姨有没有回来，看我妈有没有出现在路口。

那样的星空也只有那时才有，或许仍是有的，是我没有抬头仔细去看。

我其实是个爱热闹的人，我想回到那个自己还没长大，舅舅、阿姨都在一起的时候。

摇啊摇，摇到外婆桥……

记忆里的美食

小时候，大人们总说我们这一代是在糖水里泡大的。相较于现在的物产丰饶，我严重怀疑这糖水的甜度有多少。

时代日新月异，只拿吃的东西来说，种类之繁多，滋味之新奇，是过去远不能比的。若是再看如今的房价，那种随心所欲花钱吃喝的豪爽，就更非从前可同日而语。

但那些过往的吃食，即便寻常，也坚如磐石地在我心中占据一席之地。

比如，生煎、锅贴儿和小馄饨。

我喜欢看生煎馒头一个个在平底大铁锅里排列整齐的样子，喜欢听它们在泛着腾腾热气、袅袅香味的铁盘上滋啦作响的声音。加油、添水、撒芝麻葱花，一系列动作在铁盘的转动和木盖的开合中一气呵成，油星四溅、色彩分明，简直是视觉享受。

刚出锅的热生煎，不管是盛在搪瓷盘子里还是装在土黄色的纸袋中，咬一口都叫人无限满足。那滋味，完胜如今以个大、肉多、汁足而闻名的某杨生煎。

锅贴儿的外形比生煎讨喜，两头尖尖带着好看的弧度，小巧玲珑。加之皮薄底脆、焦香鲜咸，又比生煎少见，更叫人心中想念。

上小学的时候，若时间充裕且没在家吃什么早饭，我便会往沿途的小饮食店用零花钱给自己买一两生煎，捧在手里吃得欢快。若是时间更充裕，我就踱进店内吃碗小馄饨。说是饮食店，其实是一间搭建在路口的土坯房，面积不大，设施简陋。屋外卖大饼、油条、麻球、生煎，立等可取。屋里堂吃，一条长桌、几张木椅，地面坑坑洼洼，屁股下的凳子需挪几次方能坐稳。卫生工作却不马虎，每天下午我放学经过，总能看见店里的人架了满满一铁筐的碗筷碟勺，放进大锅中蒸煮消毒。

那时一碗小馄饨大约两毛钱，薄薄的馄饨皮内裹一星半点儿肉，汤里一抹猪油，漂几朵葱花，一清二白，模样诱人。据说我很小的时候不爱吃饭，大人们就会带我去附近的饮食店吃小馄饨，一来二去养成习惯。

小姨父还在和小阿姨谈恋爱的时候，投我所好，带我去吃虹口公园门口的三鲜小馄饨。哪三鲜不知道，味道也没印象，只记得价格贵一倍，要四毛钱。

我妈去南京理发店做头发，带我吃过对面王家沙的虾肉小馄饨，价格贵两倍，但物有所值。

要说女人做头发真是件麻烦事，而南京理发店的生意又总是那么好。我妈烫个头发从早到晚花了一天时间，日月星辰可证。她那会儿只顾自己美了，全不管我一小孩儿在理发店穷极无聊，还没午饭吃。

去王家沙吃晚饭已是七八点光景，店里的生意却还和对面

起来很是带劲。要说粢饭糕最好吃的还是它的边边角角，我总是将炸得最老、最脆的那个边角留到最后，囫囵一口塞入嘴中。那滋味，着实慰藉我苦读了一天的幼小心灵。

还有几分钱一个的油墩子，亦是放学路上的美食。一个小炉子，一个小铁锅，一个长柄椭圆的模子。上下两层面糊，中间夹着拌了葱花的白萝卜丝，放进锅子炸一会儿，从模子里倒出来，在滚油中继续炸透，像金黄的花朵奋力绽放。我那时一直惦记着能弄一个这样的模子，好让老爸在家做给我吃，想吃几个吃几个，想什么时候吃什么时候吃。可惜，这么好的想法就一直搁浅在只是好想法的阶段。

爸妈工作忙，有时下班来不及买菜，会带些南阳桥的红肠方腿回来。这让我无比欢欣。黄色的油纸里衬一张白纸包裹，卫生、环保、经济。红肠肉味足，方腿咸津津，挑食的我常常就着几片红肠方腿，吃下一大碗饭去。

这味道如今已"绝版"。

记忆里的美食还有罗宋汤和炸猪排。

罗宋汤里有我喜欢的红肠和卷心菜，炸猪排要配辣酱油。

那时候大家都不太有钱，一般不会上馆子，更不要说去吃西餐。我爸有个小学同学在红房子西菜馆做厨师，我读小学的时候，他带我去开过一次洋荤。

印象中就点了罗宋汤和炸猪排，还有一个什锦沙拉。说实话，好吃得忘了味道，倒是红肠片上那一条条用沙拉酱涂抹的

线条让我印象深刻。到底是很有情调的西菜馆，和家里做的就是不一样。大概因为是同学，我觉得那天的猪排特别大，汤特别厚实，沙拉里的红肠特别多，结账花了四块钱。

尽管擅长烹饪的外婆和老爸做过很多次各有千秋的炸猪排和罗宋汤，但味道总不能和西菜馆里的一样，而且他们每次发挥的水平也不稳定。

这两样食物在我记忆中很是深刻。比如有一年的六一儿童节，学校带我们去少年宫，午餐就有罗宋汤，很好吃，可惜每人只分到小半碗。高一那年班级搞聚餐，我带了老爸做的炸猪排，还有他用保鲜膜、橡皮筋封在玻璃杯里的辣酱油。有同学很是觊觎，却不知我正垂涎他们的卡式炉小火锅。

我爸还带我吃过简易西餐里的罗宋汤和炸猪排。所谓简易，就是用筷子不用刀叉。其实是一种快餐，当时可算新鲜事物。但味道嘛，自然不能和西菜馆里的比。后来小姨父也带我吃过一次，那时他还在和小阿姨谈恋爱，并开始承担接送我去外婆家的任务。经过那家店的时候，我放慢脚步自言自语，说我爸带我进去吃过……于是他也带我进去吃，不知道这算不算我"敲竹杠"。

有一年夏天，老爸下了早班去红房子买了一搪瓷杯的罗宋汤回来。他同学给得特别多，橘红色的汤里有好多鸡丝（奇怪，为什么有鸡丝，可能是类似罗宋汤的鸡丝浓汤）。

那时家里没冰箱，我一早跑去亲戚家玩，回来有点晚，天太热，汤已经馊了。读小学的我尚不知"暴殄天物"这个词，

只望着那一大杯红艳艳的汤汁气得想哭。我生气这么美好的汤，竟然就这样坏掉了，真的是满满一大杯啊。更生气的是，老爸为了把汤留给我，自己一口都没喝。

又一年的夏天，我去外婆家过暑假。外婆那会儿还在附近外语学院的学生食堂上班，隔壁就是"上外"的西餐厅。

有一天我正在家门口玩，远远看见外婆从马路对过儿走来。她顶着烈日，步履匆忙，一只手还举着什么东西。

等她走到我面前，我看清了她捏在手里的那块硕大的炸猪排，香气扑鼻。

外婆把炸猪排递给我，叫我趁热吃，自己抹一把脸上的汗，又顶着烈日匆匆忙忙回去上班。

那是西餐厅的师傅特意留给她的，因为她一直说外孙女爱吃炸猪排。

我永远也忘不了那个夏日的晌午，我捧着一块和自己的脸差不多大的炸猪排，吃得满嘴流油。

我常和老公絮叨我记忆里的那些美食，他则不以为然，说这是因为以前没什么东西吃，哪像现在多得不要吃（指吃的东西特别多）。

想想也是，现在的生活条件不知比以前好了多少倍。所以我心心念念的美食，大概只是源于对过往岁月的记忆，还有记忆中的那些人和事。

最好的牛肉面

那时，街道办了一家清真饮食店，就在我家楼下。店面不大，东西只有三样：牛肉汤、牛肉面和牛肉煎包。

牛肉汤，一碗五毛钱。汤是久煮慢熬加了咖喱的，里面有切得薄薄的牛肉片和如葱末的香蒜叶，色、香、味因此而全。

爸爸常去给我买早饭，经典搭配之一便是热羌饼跟咖喱牛肉汤。他带了自家的锅子，店里服务员实诚，一勺下去盛了大半锅。早饭吃剩还能留到晚上做汤喝，剪半根油条，放一把粉丝，味道一样好得没话说。

牛肉煎包我很少吃，虽然它们在大铁盘里滋啦作响，被煎得两面金黄的模样也十分诱人，但我嫌它们是白菜肉馅，个头又大，不及生煎、锅贴儿来得精致且有汤水。

吃得最多的还是牛肉面，因其兼具牛肉汤的美味和管饱吃好的功用，早中晚饭皆宜。但面条要堂吃才好，买回来就不行。尤其天冷的时候，坐在店里，热腾腾来一碗，怎一个志得意满、心旷神怡。

吃面条，我个人喜好面少汤多，因为我吃得慢，面条胀开来，一碗面常常越吃越多，怎么也吃不完。

饮食店里的牛肉面分咖喱和红烧两种。咖喱牛肉面，就是经典美味的咖喱牛肉汤中放二两面条，八毛钱一碗。红烧牛肉面一碗一块二，三两面，牛肉不是白切成片，而是一块块放了酱油红烧，煮得酥烂。

我几乎只吃咖喱牛肉面，不仅是其符合我喜欢面少汤多的习惯，还因那泛着油光、香味浓酽的汤头着实吸引人。匀称整齐、薄而筋道、极见刀工的白切牛肉片，随着面条在汤里打个滚，染上一层金黄亮泽，入口滋味不可言传。我并不喜欢吃大蒜，却爱那一把绿白相间的蒜叶。它们浸润在热汤里，散发着馥郁浓烈的香气，沁人心脾。

初中的时候，体育课上开始耐力跑。

我喜欢学校的大操场，一年四季风景各异。我喜欢和要好的同学在操场的跑道上散步，那有着朱自清《荷塘月色》里小煤屑路味道的煤渣跑道，一圈一圈没完没了。唯独跑八百米，这一圈两百五十米的跑道才叫人深恶痛绝。

体育老师姓朱，个子不高，精瘦类型。每次跑步前，他总喜欢站在跑道上瞪着他那炯炯有神的小眼睛对我们训话："第一圈要跑得快，不许故意跑慢混在人堆里漏跑圈数，不跑的同学不许去拉正在跑的同学，不许陪跑，最后半圈开始加速，终点前五十米冲刺……"

我在心里骂他一万遍。什么加速，什么冲刺，每次我跑完第一圈便不想再跑。

总有好心的同学来拉着我跑，不顾老师的警告。

我其实很难跟上他们矫健的步伐，但我贪恋那触手而及的温暖。他们接力般拉着我跑，叫我心生感动、奋勇向前。即使被老师阻止，他们放开手，仍会在我身边给我鼓励，跟着跑一路。

可我依旧不能及格。

终点线上，看着体育老师手掐秒表、严肃无奈的神情，我下了一定要过关的决心。

我于是每天早起练长跑。

先是爸爸陪着我跑，可他步子太大，我跟不上。后来和同学约了一起跑，但她家离我家有点远，一次我等她、她等我，错了地点，步没跑成，上学还差点迟到。

我决定独自去跑，天不亮就起床练习，沿着家附近的马路来回跑。要说那时的治安是真心好，除了饿着肚子摸黑出门需要勇气，一个人跑步其实挺自在。掌控好速度、节奏、距离和往返时间就行，不要一路跑得太欢来不及回来。

头顶橘色的路灯透迤向前，于清冷彻骨的空气中弥漫出点点暖意。我在车辆行人稀少的马路边慢跑，从呵气成冰、手脚麻木，到热血洋溢、周身顺畅，就是耳朵依然冻得全无知觉。

跑完步就窝进饮食店吃碗牛肉面。有时时间尚早，店里空荡荡只我一个顾客。外面天色黢黯，寒风呼啸，我坐在暖意融融、香气四溢的店堂，享受着一碗牛肉面的美好。

吃完面，天亮起来。公交站上等车的人渐渐增多，门口大铁盘里第一锅牛肉煎包袅袅腾出热气。

我擦一擦嘴，满足地步出店外，回家换好衣服，背上书包，迎着晨曦去学校。

　　所有的努力都不会白费，更何况艰苦中还有一碗牛肉面的鲜美味道。后来的八百米测试我跑了三分四十秒，对我而言这已是最好的成绩，体育老师的脸上有了难得的笑容。

　　清真饮食店的生意越来越红火，我看着店里存放食品的冰箱由小个换成大个，最后变成了双开门。

　　读高中的时候，饮食店依旧营业。我以为它会一直在那里，只要我高兴，随时都能欣然前往，美美享用一碗好吃的牛肉面。

　　谁知道一场市政工程大动迁，会将它一并抹去呢？

　　工作后，整个城市到处都有牛肉面的身影。吃过不少牛肉面，有的加香菜还加荷包蛋，但味道总不尽如人意，反正怎么样都没有以前清真饮食店的好吃了。

　　那一碗金黄透亮、撒一把香蒜叶的咖喱牛肉面，终究再不能觅。

　　那真是我吃过的最好的牛肉面，没有之一。不知它与我的缘分就这么几年，后悔没去多吃几碗。

　　我知道它只能存在我的记忆里了，在岁月的积淀中，凝聚愈加浓郁的鲜美和芬芳。

　　如同我那青涩美好、一去不返的豆蔻年华。

我的同桌

读小学的时候，教室里用单人课桌，所以便没有同桌。

高中时有个同桌是双胞胎中的一个，姐妹俩都迷张国荣，谁要在她们面前说一句喜欢谭咏麟，不喜欢张国荣，那是灭了你的心都有。但彼时我既不喜欢谭咏麟，也不喜欢张国荣，只爱诗词戏曲。同桌听歌，我看戏，言语也就寥寥。

倒是初中时的几个同桌可以说一说。

同桌 H，是我初中的第一位同桌。高高瘦瘦戴眼镜的女生，伶牙俐齿，为人颇爽直，体育成绩好，会唱粤语歌，最喜欢齐秦，一首《大约在冬季》唱到我这个几乎不听流行歌曲的人也能完整唱下来。

我去她家玩过一次。那是学期的最后一天，跑到她家，家里没人，我俩自是惬意，想咋玩咋玩。其实也没啥可玩，但放假了就是高兴，干什么都高兴。我翻到一本《优秀作文选》，临走借回了家（作文真是我的执念）。然后她下馄饨给我吃，这好像是我在她家唯一印象深刻的事。

馄饨是她爸妈上班前包好的，荠菜肉馅，个头饱满，用半湿的纱布盖着。隔灶饭香，说实话，我挺期盼。她把煮好的馄饨捞进碗里，汤里放了素油，端给我的时候模样诱人。

我舀起一勺汤送进嘴里，辨了辨滋味，再舀起一勺。等我确定那似乎只是白开水，犹豫了下问："你们家有盐吗？"这当然是废话，谁家会没有盐。不想她同样回了句废话，疑惑地望着我说："要放盐吗？"

是啊，姐姐，你家馄饨汤里不放盐的吗？不放盐放点酱油也行啊，你这是白汤……白开水啊。但等我捞起个馄饨一口咬下，又连忙摆手："不，不要了。"

这馄饨馅里的盐也太多了吧，齁死人不偿命啊！所有的味道除了咸还是咸，连我这个祖籍宁波特能吃盐的人也顶不住，配上那白开水似的汤也综合不过来。可我还是很开心地吃完了，这碗因至淡至咸令我印象深刻的馄饨，成了记忆中我去她家玩的一个亮点。

回家的时候，我走在寒风里，一路哼着从她那儿听来的歌："轻轻地我将离开你，请将眼角的泪拭去。漫漫长夜里，未来日子里，亲爱的你别为我哭泣……你问我何时归故里，我也轻声地问自己。不是在此时，不知在何时，我想大约会是在冬季……"

那时候，真的是容易快乐呀。

同桌P是个男生。班主任一贯保守，同桌都是同性，怎么就给我换了个男的呢？班主任说你成绩好，要帮助后进。这，我能说不吗？

看来光学习优秀不行，老师面前说不上话。当我勤勤恳恳、

任劳任怨，终于成为班主任的得力助手之一时，我大着胆子提了换同桌的要求。班主任问你想和谁坐？我说了名字，竟然……准了。

同桌T是个胖胖的女生，白白的皮肤，厚厚的嘴唇。我为什么想和她成为同桌？是因为我俩有很多共同语言。多到什么程度呢？庶几可以"知己"论。

何谓知己？譬如鲍叔牙之于管仲，"生我者父母，知我者鲍子也"。譬如子期之于伯牙，"巍巍乎高山，汤汤乎流水"。譬如苏轼之于张怀民，半夜见月色好不睡觉，乐颠颠跑去敲那人的门，恰巧那人也没睡，于是一起在庭院里看月亮。

那段时间，我觉得上学特别开心，和她坐在一起，总有讲不完的话，以至于课上被老师点名。她脑子好使，解数学题比我厉害，有她在，我作业完成得特别快，回家便有更多时间看闲书。学校开运动会，没有运动项目的我俩就一起在看台上看小说。周末社会实践，我和她被分在一个路口统计车流量，烈日骄阳下合作愉快。那时候我喜欢梁羽生，她喜欢金庸和古龙。我随她一起去欢乐宫看港台武侠剧的录像，跑到她家玩，一起速记电视里戏曲片的唱词，没记全的就自由发挥，这大概可以算是我写戏曲唱词的最初阶段。

有一次，我们又去欢乐宫看武侠剧。春寒料峭的时节，我穿得有点少，跑得有点快，才到那里心脏便不舒服，难受得要晕倒。她慌慌张张陪我去旁边的街道医院看病，再一路把我送回家。我其实缓一缓就行，走来走去已好得差不多。她背着自己的书包，拿着我的书包，楼梯上还使劲安慰我说，"一个小劫而已，过去就好，过一劫少一劫，不是坏事，不是坏事"。我觉得她比我紧张。

"人生得一知己足矣，斯世当以同怀视之"的感觉真好，只可惜"一日心期千劫在"，人和人的缘分终有深浅时效。

有许多原本要好的人，走着走着，还是散了啊。

何月皎皎

那天晚上，又去家附近的河边散步。

堤岸上很空旷，只有几个夜跑的人。没有路灯，光线却恰到好处。远处桥头的橘色灯盏弥出暖意，对岸居民楼里的亮堂和不远处商务楼顶的霓虹广告，使得原本宽阔漆黑的河面闪烁着黄、白、红三色光芒，灵动晶莹、幻彩迷离。

立秋已过，迎面的风里有点凉意。岸边垂柳姿态婆娑，轻摇着枝条。

今晚没有星星，并不深邃的蓝色夜空飘着几朵白云。云边，一轮圆月散出昏黄光晕，与夜河里的粼粼波光遥相辉映，美得叫人有些恍惚。

江畔何人初见月，江月何年初照人？人生代代无穷已，江月年年望相似。

忽然想起旧家楼头的月色，也是这般温润如玉，皎洁似冰雪。

那时家住五楼，房子不算大，但南北通透，阳光充足，有前后两个阳台。北阳台对着我的幼儿园，南阳台可以看见我的

小学。如今，该是能在那里望见世博园了。

父亲喜欢在阳台上种各式各样的花，盆盆罐罐、红绿相间。

读初中的时候，同学送了我几粒牵牛花的种子。父亲在阳台上拉起两根细绳，夏天，铺满半个阳台的茂密绿叶里便有了许多蓝色的花朵，真正是"一帘幽梦"呀。我其实喜欢紫红色的大喇叭花，心心念念希望能开出这样的花来，可惜一朵也没有。后来学郁达夫《故都的秋》，他以蓝色或白色的牵牛花为佳，于是知各花入各眼。

阳台上有几盆茉莉绽放着白色小花，还有如珍珠般打着苞的花骨朵儿，簇簇团团隐在片片绿叶间，香气扑鼻。含羞草最好玩，轻轻一点就会收起细小的叶子。我常常会耐心地等它们完全张开，再重新点个遍。父亲种得最多的是月季。红色艳丽，粉色娇嫩，还有一种能变色的，我仔细观察后写了篇作文，得了个高分。

有一盆无精打采看似枯萎的令箭荷花，在一个春日的夜晚，悄悄开出一朵令人惊艳的花来。虽也"昙花一现"，但那硕大的红朵，有着无法用词汇描摹的美丽色彩和长长缕缕、丝丝飘垂的黄白花蕊，真如着了艳艳红裙敛眉低首的绝色女子，亭亭玉立、光华四射、含笑不语。

阳台上的花盆多得摆放不下时，父亲便心思巧妙地在阳台栏杆的间隙里种了许多宝石花——一种如今时髦的多肉植物。父亲先用石棉板加上水泥，在阳台栏杆的底部砌了一排小槽，每个槽里添些土，再插上一片宝石花的花瓣。那花很好养活，

不需怎么侍弄便一个个茁壮成长，以至于小小的凹槽里快容纳不下它们的身躯。它们齐齐探身向外，每次我放学回家，一抬头就能从整幢房子里寻见。我很自豪地指着那条花带告诉老师和同学："看，那底下有一排宝石花的就是我家。"

高台明月照花枝，对月看花有所思。

阳台上除了花，还有月。那时的楼房多为六层，家住五楼，便觉明月星辰格外相近。

记忆中的月亮总是皎洁，如盘似钩，悬挂天际。有时候长空无云，也无繁星，夜色深蓝如洗。月亮看上去比往日略小，却极明亮。城里没有山头，可依旧会想起这样的诗句："山之高，月之小。月之小，何皎皎。"

有时候层云如峰峦叠嶂，那一轮硕大的圆月，便在云海间幻彩光华。

仰头望明月的时候，难免神思千里。神思的对象天马行空、五花八门，我很受用这种朦胧不定、有着淡淡欢喜和惆怅的思绪。

花开烂漫月光华，月思花情共一家。

我希望可以一直如此在阳台上看花望月，那是我幼儿园时就搬来的家，我成长于斯，满心热爱着它。

谁知一场动迁悄然迫近。高三的时候，因为成都路高架桥的建设，我们的楼房要被拆迁。

依依不舍的东西太多，连楼下街道清真饮食店那碗吃了多年放着蒜叶的牛肉面，亦陡然叫人可惜。但无论多么不舍，也

只得搬走。

　　分配的新房还没建成，我们要自己去找过渡的房子。搬家的时候，那条宝石花带还在阳光里昂扬。大多数的花留在了阳台上，还有那只被它们吸引飞来后不肯离去的小鸟，我养了它很久，最后也只得送人。那时那刻的父母，能找到一间可以容身的临时房已是不易，实在没有地方和精力再去侍弄它们了。

　　那一场大动迁涵盖四个区，1.8 万户人家，十万市民，九百多家单位。

　　后来搬进新房，收到成都路高架工程建设指挥部赠送的一把"金钥匙"，感谢我们为市政工程所作的贡献。

　　只要车子行驶在成都路高架上，我便会情不自禁地去探寻旧家的踪迹。高架桥只在旧家的一侧擦身而过，旧楼的废墟上建起了更高更贵的商品房。但我不想说那几栋高楼是旧家原来的地方，就当我们将心爱的家园贡献给了高架桥吧。

　　夜色深沉，最后一个夜跑者也已离开。我一个人慢慢走在河边，独享这一方时空的静谧。

　　想起张若虚的《春江花月夜》，春江月夜、宇宙人生、游子思妇、缱绻离情。想起苏轼的《赤壁赋》，浩瀚太空、水月永恒、人世须臾、渺若微尘。

　　弹指光阴，我亦不复年少。很多东西，我其实不愿去回忆，却偏偏不能忘记。那些旧有的时光，时光里的人和事，总是无声无息地萦绕着自己，叫人沉迷。

　　垂髫总角，豆蔻年华。曾经明月高楼、苍穹仰望的日子，我又如何能舍得呢？

　　今夜月圆，聊以为记。

手术记

纠结了很久，还是决定去那家医院动手术。

当我坐在医生对面，告诉她我想两个月后手术，她只是看着我的病历，道："明天下午就住进来，星期天我给你手术。"

我有些怔忡地望她。

我知道她确实是这方面首屈一指的专家，所以只考虑了几天，便取消了原本三甲医院的手术预约，请她为我主刀。没想到，她做决定比我还快。

"那个，医生，这太突然了，我还没准备好呢，也没和单位说……"我强烈希望她将我的手术延后。

她把目光从病历上移开，抬头看我："你要准备什么？我准备好就行了。听我的，就这周。"

我决定还是听她的，因为这事儿她铁定比我专业。随后我得到内部消息，手术那天，医院正开全市研讨会，需要一例公开手术教学演示。但当天动手术的不止我一人，不知道自己是否会成为被公开的那个。

周日下午手术，周三办好入院手续。我不喜欢在医院过夜，真正住进病房是周六晚上。

护士递给我两粒安眠药，我本能地拒绝服用。事后才明白自己做了错误的选择，同病房一陪护家属，居然惊天动地打了一晚上呼噜。

我一晚上睡不着，早早起来洗漱，才躺回去想补会儿觉，护士急急忙忙冲进来对我说："别睡了，快起来，做手术了。"

"啊，不是下午吗？"我说。

"改时间了。"她道。

"可……可我妈还没来呢。我大阿姨、三阿姨、小阿姨，都没来呢……"要是三甲医院，不能这样吧。

护士看了我一眼道："主刀医生来了，麻醉医生来了，你也来了。"

我无语，立刻起床随她去做术前准备，好在已洗漱完毕，否则更加手忙脚乱。

后来才晓得原本上午手术的病人昨晚没住院，早上又来得晚，于是我被临时替换。全市研讨公开手术万事俱备，只缺一个躺在手术台上的人。

还好那天老公早早赶来，不然情形就愈加凄惨。

他送我到手术室门前，对我说："没事的，我在外面等你。"

我咧嘴笑得很难看。

不知道进去的那间是手术室还是手术准备室，反正就是冷。麻醉医生已经到位，一边给我测心跳，一边问我问题。

"你给我把心跳搞那么快干吗？"他道。

"我，我紧张……"我咳了两声。

"你咳嗽？"他警觉，"感冒了？感冒不能手术！"

"没……没……我……我冷。"

"哦，那盖床被子。"

我不知道自己是怎么失去意识的，不一会儿就觉有人推我，大声喊我的名字。

"醒醒，快醒醒，手术做完了。"我听出是那个麻醉医生的声音。

这就完了，我连主刀医生都没瞧见！

我睁开眼睛，躺在那儿只是迷糊，又听他道："手术早就做好了，我陪你到现在，都十二点多了，我中饭还没吃呢。"

我终于慢慢反应过来，第一个念头是：该，叫你给我下那么多麻药。我记得静脉注射前，有个女医生说什么三瓶来着，他非说要四瓶。

男医生说："你感觉怎么样，我们出去了好伐？"

这还用问我？既然问我，我便道："不出去，我难受。"

我觉得还是在手术室里有医生陪着比较安全。

他无语，旁边一女医生幽幽开口："那我们今天就睡这儿吧。"

我侧脸瞥她，心说，姐姐，看在我刚挨完刀的份上，就不能让人撒个娇么？

"我送你上去好吗？病房也有医生的。"男医生轻声细语。

我说我难受，想吐。他说想吐正常，想吐就吐。我立马很给面子地吐了一口，他动作麻利地抓起块布一把抹了。

抹得是真干净，和我妈跟我老公之后帮我抹的比，主打一个专业。

虽然不晓得他是否给我用多了麻药，但他对病人的态度还算不错，一直送我到病房才离开，去吃他那还不知有没有的午餐。

妈妈和阿姨们在我手术时赶到，一起等在手术室门外。据说手术只进行了一个多小时就顺利完成，因为用了镇痛泵，刀口似乎也不疼。

唯一要命的是麻醉反应。我就是想吐，其实也吐不出什么东西。我很担心呕吐会牵扯伤口，还有就是那个"呼噜男"，依旧呼噜震天，叫我不得安眠。

好人还架不住两天不睡觉呢，何况我这个刚动完刀啥都没吃的。好在那床明天出院，否则我一定要求换病房。但凡事各有利弊，因为他的呼噜声导致我辗转反侧，居然当晚就通气了。

老公因这个好消息异常兴奋，说要到车里拿充电器，顺便去买热狗和咖啡。陪夜很辛苦，他肚子饿了，想着自己也没啥事，就让他走了。

乐极生悲的是我翻身的时候滑落了被子，拉被子的时候碰掉了手上输液的针头，而且，发现得有点晚。

护士赶来开灯，大吃一惊道："怎么搞成这样？"

我看着床单上的两滴血，想究竟搞成啥样了，抬起身顺着她的视线往床下看。

她忙叫："别看，别看，你晕血不？"

我说我不晕，我看看。一看之下，差点吓晕。

从来没见自己流过那么大一摊血，流到床档上的血还在往下滴，酽酽泛着殷红的光芒，触目惊心。于是老公还没吃上热狗、喝上咖啡，就被召回病房承认错误。

我术后恢复不错，只一点奇怪：白天精力旺盛，晚上便状态不佳，六点过后胃里定时难受，每每要惊动值班医生，搞得他们也很头疼。

病理报告出来，一切安好，医生说可以出院了。一周时间，经历了人生第一次全麻手术（强烈希望是最后一次），终于熬过了一段艰难时光。

由此我更加深刻地认识到健康的重要。健康者才有做人最起码的尊严，否则，一切都难以依附上生命的厚度。

出院那天，做了块"仁心仁术，妙手回春"的铜牌送去院部，表示感谢。

太阳在厚厚的云层里露出一点光芒，我望着住院部门口三个金色大字有些恍惚。

手术顺利，医护不错，这家医院给我留下良好的印象。

但是我再也不想来了。

拔智齿记

十几年前我拔过 次智齿，记忆犹新。

智齿，就是"尽根牙"，我曾看见网上有人写"情根牙"，颇具浪漫主义色彩。不过要是它疼起来，就一点也不浪漫了。

我口腔中左下方那一颗长歪的智齿，学名"完全性骨埋伏阻生牙"，据说属于牙齿中最难拔也最贵的一种，当时裸价350元一颗。早前它第一次发作，妈妈带我去牙防所，医生就说拔了，两边都要拔，不拔以后有得烦。但当天不能拔，先消炎，过几天再来。只是等到它不疼的时候，我就再也不去想拔牙的事了。

那颗智齿终于在"潜伏"了十多年后再次发作，不是很疼，但搅得人心神不宁。连着前面的牙齿都有点疼，医生说只有拔。

可我就是不拔。因为单位一男同事刚和我说，他拔颗智齿，医生用榔头敲了三十下还没敲下来，差点没把他敲晕过去。于是找了熟人医生去补，那个补牙的位置真的有点妖。熟人医生说，不是熟人我是不补的，这么多年，没补过这样的，因为补了也很容易掉。其实她真的给我补得很好很牢，但那两个不争气的牙还是不舒服啊。

纠结很久，我全线崩溃，心一横，拔了吧！

我一晚上睡不踏实，早上四点多就醒了。事实上，三天前从我决定拔牙，就寝食难安了。我天生胆小，还怪自己不该在网上乱查一通，那些文字看得我眼前发黑、后背发凉。

起来吃早饭，紧张得没胃口，仍旧拼命吃。拔完了想吃也不行了，而且我有低血糖的毛病，不吃容易晕。七点出发，一路心慌，到了医院心更慌。

挂了个专家号，等到那个年轻的专家医生叫我名字，我已经是"紧张的紧张次方"了。我语无伦次地说完病情，他检查了一下，说"拔了"。我心想，今天你不拔，我还不走了。医生写病历，叫我先去拍片子。

一路抖着去拍片，抖到明明有电梯，想不起来乘。连拍片的医生都感觉到我的紧张了，没办法，我就是紧张。一路抖回去，医生已经等在那里了。我紧张之余还没忘拍他马屁："我看网上说您是这儿拔牙最好的医生，我今天特意来找您拔牙。那个，我这牙要用榔头不？"

"可能要敲一下。"他说。

我感觉自己的腿开始发软，朝他指的那张手术椅上躺下去。

"你这个牙要缝针的，拔好后脸要肿的，可能要吊一点盐水的哦。"他又说。

我朝他看看，心里喊，别再吓我了，我已经吓得不行了。

开始打麻药，这个还真有点疼。打完后，他问麻了没，我说没。过一会儿又问两边感觉不一样吧，我说一样。

　　这时又来个医生，可能是助手。他用手摸摸我左边的嘴角问："是不是感觉不一样，这里有点麻麻的。"

　　我都快哭了，我说还是没。

　　那个助手医生长得挺高，不知道是不是我躺着看他的缘故，也是位帅哥。搁其他时候，我一定会多瞧两眼，不过现在没心情了，我实在怕死了。管它麻不麻，我一律说不麻。其实，我的意思就是，医生你再给打一针呗，咱"不差钱"，万一剂量不够……

　　医生说不等了，开始拔。

　　事实证明，我的担心完全多余。那支麻药在我拔完牙后很久，都让我感觉不到左边脸的存在。

　　没有动榔头，时间也不长，大概只有几分钟便完事了，好像是用什么东西把牙齿锯成两半给弄出来的。

　　就是帅哥助手在旁边吸水时，我感觉有水流到我喉咙里了。我不敢吞，用手指着，哼哼唧唧。

　　医生说："吞下去也不要紧，这个水是无菌的。"

　　可要命的是，我好像吞也吞不下，那些水不上不下卡在喉咙里，呛着我了。我感觉自己快透不过气了，不自觉地开始挣扎。

　　要是换个医生可能要挨骂了，但他只轻轻说了句"不要动不要动，动了要锯到嘴唇上的哦"，我就怎么都不敢动了。须臾，一旁的护士说："好了，牙出来了。"

　　然后医生给我缝针，超级利索，完了还帮我扯下围兜，顺

便把嘴也给擦了。

"还好吧？不可怕吧？给她看看那颗牙。"他说。

我惊魂未定地看了眼被劈成两半的牙齿。真该拔了，黑黑的，都坏了，难怪不舒服。

没吊盐水，开了点消炎药，脸也不大肿，半小时后吐掉纱布没出血，我便回家了。

就这样，这颗陪伴我多年的智齿离我而去了。一周后顺利拆线，那位年轻的专家医生成了我唯一崇拜的牙医。

一年前，我再去找他拔牙。他依然技术精湛，态度和蔼。

我觉得他身上有种温情，能让病人安心。

可是康医生，你的头发为什么白了这么多呀！

十月三进世博园

世博会落幕了，回想自己的观世博经历，忽然觉得有些遗憾，其实应该多去几次的。

世博会的门票早就有好几张，但因天气炎热，加上听闻的热门馆排队小时数，每每望而却步。

一晃已到十月，再不去门票都要过期了。于是那个周六，我第一次去了世博园，从浦西鲁班路入口进入。

自我幼儿园到高中，我家一直就在中山南一路、鲁班路的那个拐角上。要不是成都路高架市政动迁，而今该是能在阳台上望见世博园了。快到入口，看见小学时经常和同学一起去玩的小公园——南园，恍然便要落泪，它怎么还在这里啊？

第一次进世博园，就遭遇了历史性的一天。

那天入园人数 103.27 万，创世博会之最。排队的人实在太多，我只去了非洲联合馆和荷兰馆。印象深刻的是在非洲联合馆看贝宁国家歌舞团的歌舞表演，跟非洲大妈买了两个漂亮的手镯，中午"得月楼"的午饭还不错。晚上到家，脚酸痛得不行。第一次去世博会，我毫无经验地穿了双皮鞋。但好歹也算去过了，好歹也可以吹一下，我就是入园人数最多的那天去的。

　　第二次去世博会是因为有熟人弄到了台湾馆的预约券，那次还带上了我爸妈。

　　一早入园，安检就排了一个小时。上次中午入园，门口没什么人，蛇形阵快速通过，来来回回走得我头晕。这一次人山人海，等得我头晕，那真叫一个慢。

　　好在入园后顺利进到台湾馆，小巧精美的台湾馆让我一下对世博会有了浓厚的兴趣。美轮美奂的720度4D电影，楼顶的天灯祈福，楼下室内慢品的台湾高山茶，一旁美女二胡演奏和高超的茶艺表演，还有最后奉送的印有台湾馆字样的小茶碗和装茶碗的福袋，外加出馆时一包精美的伴手礼，台湾馆让人不喜欢都难。

　　因为台湾馆点燃了观世博的兴趣，我和爸妈一头扎进排队大潮。那天入园人数接近90万，各个场馆门口全排长队。我们去了尼泊尔馆、中国船舶馆、中国城市联和馆和世博文化演艺中心，晚上在园内的"和记小菜"大快朵颐。

　　原以为我的世博之行到此结束，不想又弄到了几张10月28日的指定日票和上汽通用馆的贵宾券。这一次，我召集了更多人进园——我和我爸妈、舅妈，还有我的一个同事，远在宁波的大阿姨也兴致勃勃地乘动车赶来。

　　爸妈、舅妈和大阿姨一早入园。我与同事处理完手头工作，中午在单位吃了饭，乘上7号线，直奔世博园。我妈和舅妈去过通用馆，于是四张贵宾券，就给了我和我爸、宁波的大阿姨，还有我的同事。

　　一行四人，上汽通用馆门口集合。贵宾券上的预约时间是下午两点半，我们两点十分就到了。我不想干等着浪费时间，和门口的工作人员商量，能不能让我们先进去。工作人员一看只差二十分钟，点头同意。人生的际遇就是那么神奇，因为这二十分钟，让我在世博园有了更难忘的经历。

　　我们刚入馆等电梯，门外忽然走进几个人。馆内的工作人员看见，忙齐刷刷地迎上去，毕恭毕敬连声说道："馆长好，欢迎馆长光临上汽通用馆……"

　　我心里纳闷，什么馆长？仔细打量站在最前面的男子——四五十岁的样子，身材高而魁梧，气质儒雅，轻声细语地和工作人员微笑作答。我赫然看见他西装上别着的金色天灯徽章，想这不是台湾馆的标志吗？难道他就是台湾馆总馆长叶明水？我没见过台湾馆总馆长，但前几天《新闻晨报》的一篇报道里正好提到他的名字。

　　缘分啊，缘分！十年修得同船渡，我们和他们乘一个电梯上去了，又在接待贵宾的茶餐厅，邻桌品尝香格里拉酒店提供的茶点，然后一起去看 4D 电影。巧了，馆长竟然与我们坐同一排。

　　我悄悄和大阿姨说，她拉着我道："那个真是台湾馆馆长啊，你去和他说说，让我们进台湾馆看看吧！"

　　这个想法刚好在我心头闪过。大阿姨大老远从宁波赶来，很想看台湾馆。妈妈早上就让爸爸乘头班车去给她排一张台湾馆的预约券，可惜差一点，没拿到。舅妈在网上预约了很多次

旧光影

也不成功，反正我知道她们都超想看台湾馆。

难得机缘巧合，只是贸然去说，多少有点不好意思。去，还是不去，我一路纠结，连精彩的 4D 电影都没看踏实。

我暗吁一口气。不就是和馆长说几句话吗？大不了他拒绝我，拒绝我也正常，有什么要紧的。王安石的《游褒禅山记》怎么说来着？尽志无悔啊！

电影结束，我以最快的速度解开身上的安全带，趁馆长在座位里没起身，三步两步蹦到他跟前，说："请问您是叶馆长吗？"他点头说是。我心想天啊，真是他，赶紧接着说："叶馆长，我阿姨从宁波来，就想看台湾馆。我爸今天一大早来排队帮她拿预约券，还是没拿到。我舅妈预约了几次也不成功。您能不能让她们进去看看？"然后我心一横，不行我就走呗。

不想叶馆长很客气地从口袋里拿出一张他的名片，递给我说："好啊，你来，你来，来的时候发个简讯给我。"

我乐得心花怒放了，没想到叶馆长是这样亲切的，简直令人如沐春风。我和大阿姨连声道谢，出馆时，还和他紧紧握了下手，感觉真是幸运又幸福啊！

舅妈知道后也乐开了花，连说是奇遇。于是他们看了航空馆，我和同事看了远大馆，然后大家汇合，直奔浦东的台湾馆。本以为能让大阿姨和舅妈进馆去看看就很不错了，没想到在叶馆长的安排下，我们一行人都进去了。我和爸妈二进台湾馆，上次是艳阳高照的白天，这次已是明月初升的夜晚，天灯祈福更有意境了。

57

我的名字

想起前几年自己迷上叶青的台湾歌仔戏，叶姐在"叶青戏曲馆"的广播里读了我的文章，寄了明信片来，这次又巧遇儒雅亲切的台湾馆总馆长叶明水，感觉我和台湾叶姓人士真是有缘。

我收藏了叶馆长的那张名片，虽然我知道随着世博会的结束，名片上的手机号也将停止工作。

世博会的最后一天，我给他发了条短信："尊敬的叶馆长，再次感谢您给我们带来如此美好的台湾馆之行。今晚，台湾馆的天灯即将关闭，但我们的心灯依然闪亮。我们爱您，爱台湾馆，爱台湾。"

世博会结束了，我忽然觉得很遗憾，真的应该多去几次的。

之前的五个月，我以为它反正就在那里，什么时候去都行。最后一个月，我去了三次。最后一天，我觉得它要是不结束多好，我还想去。

拥有的时候没有好好珍惜，失去才晓美好和遗憾，于事于人，更当引以为鉴。

红毹情

没有爱情，没有婚姻，还有舞台。眼泪无用，

你唯有强大，想方设法地强大。

我深以为在最好的年纪遇到对的人，在精力

旺盛之时做着自己并喜欢擅长的事，是这人世间

的幸运。

暗中自有清香在

我妈除了越剧还喜欢沪剧,这一点我没被熏陶出来。沪剧,我不怎么看,唯一印象深的是汪华忠、李建华、华雯、倪幸佳主演的《秋海棠》。

一开始也是随便看看,不想看着看着倒被吸引。尤其是李建华饰演的前期秋海棠,令人难忘。说到李建华,你大概不晓得,以下是两个暴露年龄的提示:除了沪剧,他还演过傅艺伟版《封神榜》里的二郎神杨戬和电视连续剧《上海一家人》金桂花身边的小白脸。要说李老师年轻时是真的帅,难怪我更喜欢《秋海棠》的前半出。看来我从小就是个"颜控",为此还特意阅读了秦瘦鸥的原著。

写于20世纪40年代初的长篇小说《秋海棠》,被誉为"民国第一言情小说",又有"旧上海第一悲剧"之称,问世即畅销,曾改编为电影、话剧及多种地方戏曲。此书因何轰动,塑造的秋海棠是个怎样的人物,我拿这出同名沪剧来谈。

戏里秋海棠是唱京剧的男旦,红极一时,为营救义兄赵玉昆,不得已去求告军阀袁宝藩的三姨太罗香绮。罗香绮出面平息了事端,秋海棠登门道谢。攀谈中,罗香绮问了他三个问题:

为什么会唱戏？为什么要演女人？为什么取名秋海棠？并说了自己的出身。"我与他（她）同是天涯沦落人，萍水相逢遇知音。"一番交流，两人互有了解引为知己，很快坠入爱河。

看着像不伦之恋，戏子勾搭有夫之妇，实际却合情合理，很是自然。罗香绮原是师范学校才貌双全的女学生，被袁宝藩强占为姨太太，其间根本没有爱情可言。秋海棠自小父母双亡，浪迹江湖，靠唱戏谋生，虽为红伶，亦不过是戏台老板的摇钱树、有钱人的玩物。两个同样孤独凄苦的灵魂，在相遇的一刹那碰撞出爱情的火花，进而烧成烈焰。

爱情的感觉真是美好，你会不自觉地欢喜和微笑，无限地期待与向往，度日如年抑或惜时如金。对于罗香绮而言，就像干枯的花朵受到雨露的滋润重又开放。对于秋海棠来说，则是黑暗中冰冷的心灵被阳光照耀。

可这一场爱情注定没有好结果，所谓悲剧，便是把美好而有价值的东西毁灭给你看。

秋海棠本名吴钧，虽唱成名旦，却不屑有钱人的青眼。他胸有正气，断然拒演"盘丝洞"之类的拉局戏，对于军阀袁宝藩轻佻无耻、视艺人为玩物的行径更觉愤懑。他又是一个讲义气、知恩图报的人，为了搭救义兄赵玉昆，无奈去求罗香绮帮忙。事成携厚礼登门道谢，罗香绮退还礼品，他诚恳道："受人滴水恩，当报涌泉情。礼物轻鸿毛，聊表我寸心。"

他还是个有爱国情怀的人。父母早逝，为了生计辍学唱戏演旦角，他回答罗香绮为什么取艺名叫秋海棠："记得尚在小

学堂，有位老师时常讲。中国地形似海棠，地大物博多宝藏。洋人贪来常窥视，垂涎三尺血口张。提防伸魔爪，刻骨铭心上。为了表明爱国心，故而取名秋海棠。"

全剧最能体现他温柔细腻、深情勇敢的，是第三场"元宵明月"，也是我最喜欢的一场戏。

面对美丽善良、同病相怜、情意相投的女子，他惺惺相惜、深深爱恋。爱情中他快乐而期盼，听不进赵玉昆的规劝。元宵佳节，寄寓娘家的罗香绮来信相邀，他兴冲冲准备赴约。赵玉昆去见罗香绮，对两人的交往直陈自己的看法。罗香绮陷入矛盾，为了心爱的人，决定忍痛割爱。

秋海棠满心欢喜地到来，一见罗香绮便敏锐地察觉："侬哭了，出了啥额事体？"

罗香绮要他马上离开，走得越远越好。他有点蒙，不是你叫我来的吗？我们就这样散了？罗香绮点头，他无奈举步，却被叫住。罗香绮拿出绣有海棠花的围巾相赠，他说谢谢，任由她为自己戴上。他再次举步，罗香绮说那你吃了晚饭再走，他又说谢谢。罗香绮倒酒给他，他一饮而尽。罗香绮说你一定恨死我了吧。他道："我永远不将香绮恨，自惭形秽太渺小。为什么我是一个唱戏人，被人歧视被人嘲。艺海苍茫任飘摇，辛酸历程谁堪告。自从与你相识后，我是万般忧愁化欢笑。但愿得患难与共在一起，从此结下生死交。"但是今天你为什么如此冷落我呢，难道是丢不开"袁太太"的身份吗？罗香绮说我怕害了你，我们不能在一起，袁宝藩有强权、有军队、有刀枪。

他问你怕了吗？罗香绮说不，为你死我心甘情愿。他道那我们也得死在一起啊。

在这段感情里，秋海棠爱得热烈、深沉而又卑微。罗香绮要他来他就来，要他走他便走，要他留他则留，凡为他所做，他全说谢谢。想想若换作我，都一刀两断下逐客令了，为啥还要收你一条围巾、吃你一顿晚饭呢？秋海棠于罗香绮是仰视的，不管她对他说什么、做什么，他都没有怨言。尽管他长得很好看，但仍自惭形秽，感觉自身渺小。他爱得小心翼翼，又勇敢万分，哪怕付出生命的代价。不得不说，无论动作神态、唱腔台词、语音语调，李建华都拿捏得恰到好处，舞台表演极具感染力。

关于文章的题目，我一度斟酌不定，最后还是用了袁枚《秋海棠》诗中的句子。"暗中自有清香在，不是幽人不得知"，这首咏物诗运用象征手法，借物喻人、托物言志，赞美高洁隐逸之士。

秋海棠正直义气、深情善良、知恩图报、有家国情怀，可算高洁，又演艺精湛成一代名伶，所以他的毁灭便是一个悲剧。

因为敲诈勒索不成的季兆雄告密，袁宝藩知道了秋海棠和罗香绮的恋情。袁宝藩没有让秋海棠死，却让他生不如死，叫季兆雄拿刀在他脸上划了个十字。

容貌被毁，自然不能登台唱戏。爱情没有了，尊严也随之丧尽。本是俊美的容颜突然变成一张丑陋恐怖的面孔，被人指点讥笑，这痛苦好比钝刀割肉，日积月累、朝暮相随。便如那个凶残的军阀在残害他时狞笑着说，这样就够他受用一辈子了。是的，一辈子，直至生命消失，他都不敢随意拿起镜子去看自己的脸。看一眼，疼痛便增一分，那被可怕伤害的一瞬，永远挥之不去。他常常拿着绣有海棠花的围巾思念罗香绮，心中隐隐约约留有一丝重逢的期盼。但当他一照镜子，就彻底打消了这个念头。他宁愿独自带着女儿隐居乡下，即使袁宝藩在乱战中兵败身死，罗香绮获得了自由，他亦对她避而不见。

小说中，秋海棠对吵着向他要妈妈的女儿说："梅宝，你是不懂得的。我们要是真把她找了回来，你果然是快活了，我或许也可以比现在更高兴一些，但她自己却再没有一些乐趣了！"

他爱她，便不愿她为自己受苦，为了自己受人讥笑。他觉得她应该生活得快乐幸福些，而这快乐幸福他已给不了。这不是自尊也不是自卑，真正爱一个人，是会考虑对方比自己多，会勇于牺牲自我。他把所有可以付诸行动的爱给了他和香绮的女儿梅宝，竭尽所能予她最好的照顾。他再不能登台唱旦角，逃难到上海，为了谋生，只得拖着病躯去跑龙套、翻跟斗，艰难拮据中依然要让女儿读书。

如果说前期的秋海棠是一个英俊完美的情人，那后期的秋海棠则是位慈爱无比的父亲。沪剧名家汪华忠饰毁容后的秋海棠，对于旧事的痛楚，对于香绮的思念，对于女儿的呵护，尽数在其炉火纯青的唱腔、表演中展现得淋漓尽致。

唯一一次对女儿大发雷霆，是秋海棠发现梅宝竟然瞒着他辍学去酒楼卖唱。他砸碎了卖唱的京胡，以自身经历告诫女儿千万不要去唱戏，因为唱戏太苦了，唱戏人的社会地位太低了。

赵玉昆帮梅宝说话："唱戏又并伐坏，坏额是迪额世道，迪额社会。噢，只有伲唱戏人勒了吃苦？"

那真是个罪恶的社会，黑暗的时代。秋海棠爱这个国家，但个人命运现实的苦难，整个社会时代的苦难，都留给他经历，叫他去承受，最终没有他的立身之地。容貌、爱情、事业、金钱、健康乃至生命丧失殆尽，曾经和心爱的人一起憧憬三口之家天伦之乐的场景，终是没能出现。

秋海棠演旦角，但剧中吟唱最多的却是一段小生戏《罗成叫关》："黑夜里闷坏了罗士信，西北风吹得我透甲如冰。耳边厢又听得銮铃响振，想必是那苏烈收了兵……"以前我并不明白这段唱为何会在戏里反复出现，前期的秋海棠唱，后期的秋海棠唱，女儿梅宝也唱，秋海棠死时作为背景还在唱。后来才慢慢懂得，无论罗成如何苦战，他都叫不开黑夜里的这座关城，只得在战场上悲惨殒命。在那样的社会，那样的时代，那样的中国，秋海棠最终迎来的也只能是个人的大悲剧。

庆幸我们生活在如今的社会和时代，虽然现实中依旧有挫折、失败、痛苦、魔幻，依旧有一瞬而来令你接受不了的天灾人祸，依旧有不平、不公、不齿和不可言说，却仍留给我们能争取改变的机会和勇气。

一唱雄鸡天下白。

盛世如愿，万千珍惜。

一曲嫁妹人鬼情

因为是南方人，不大看北方戏，所以当电视里播放河北梆子《钟馗》时，我也就有一搭没一搭地看着。

父母早亡的寒门之子，和妹妹相依为命，度日维艰。进京赶考的风雨途中，钟馗仗义援手，搭救了落难书生杜平。两人同往京城应试，却因奸佞当道，使小人得志、贤才受屈。比较寻常的戏码，我漫不经心地看，终被钟馗当场吟唱手书"梅花诗"而惊艳。

"一树梅花一树诗，顶风冒雪傲奇枝。留取暗香闻广陌，不以颜色媚于斯。"真是好诗，尤其最后一句，风标气节，卓然全出。且演员边唱边写，边写边唱，抑扬顿挫，龙飞凤舞。想起之前钟馗仗剑在洞窟扫除妖氛、救助杜平，顿觉此小生文武双全。更厉害的是之后他还唱起了花脸，翻跳蹦跃，一番身手着实了得。

后来才知道，这就是裴艳玲。若干年后，又在网上找到了她的河北梆子戏曲艺术片《钟馗》，细细看完，忍不住一掬热泪。

"自古钟馗有威名，目光炯炯气如虹。一曲嫁妹千秋诵，

我的名字

方显人间有正声。"之后复看，每当片头音乐响起，歌曲缓缓而出，便让人一次次沉浸在这一场知己义重、兄妹情深的悲喜中。

科考选士，不学无术的终南县令之子常风拔得头筹，经年苦读、文武双全的钟馗名落孙山。原来主考官是常风亲娘舅的干老子、皇帝的老丈人——太师杨国松。钟馗愤而不平，为了讨要一个公道，揭下皇榜，闯入试院，据理力争，怒骂奸佞，身抗强暴，触柱而亡。

浩然正气，令人动容。然而更打动我的，则是他死后的那半场戏。我感动于他的喜，也感动于他的悲。

男儿有泪不轻弹。这个有着建功立业、报效国家、班超之志的刚烈男子，面对生活困境、世道不公、强权压制、刀枪剑戟、含冤赴死都不曾落泪，却在死后被上天封为"捉鬼大神"赴任终南山、拥有降妖除魔的超凡能力时，几次潸然泪下。

第一次落泪是其死后再见杜平。

杜平为钟馗埋尸立碑，并在碑文中替他鸣冤。杨国松带人来刨坟，杜平挡在墓前。杨国松说你小子不怕死吗？杜平说民不畏死。杨国松便说要革除他的功名，杜平笑，性命都不要了，要功名干吗？杨国松说不过，命人动手，将杜平打晕在地。待要挖坟，却听一声大喊，众鬼开道，旌旗招展，成为"捉鬼大神"的钟馗从天而降。此时的他已不是先前的白面书生，狰狞恐怖之貌直接将杨国松吓傻。喷火、腾跃、惩处奸贼后的畅快大笑，一抒生前愤懑。然后他看见晕倒在地的杜平，不觉一声

68

叹息，以袖拭泪，呜咽道："这才是风雨途中遇知己，患难时
节见真情。"

这个被他仗义救下的文弱书生，有着与他一样的正直刚强。
他揭皇榜前，他劝他三思。他揭了皇榜要去试院说理，他就冒
死相随。他死了，他不顾告诫为他收尸埋骨、筑坟立碑，并愿
意抛弃功名，舍命护之。这是多么难得的友谊！

钟馗叫醒杜平，说明原委，两人相拥而泣。虽然让奸佞鼠
辈逼得没了生路，但能捉遍人间妖魔鬼怪，也算成就一番功业。
只是想到家里还有等着他回去孤苦伶仃的妹子，心里就难受得
不行。于是他拿了信物向杜平说亲，杜平欣然同意，取小扇
回赠。

给妹子找个好丈夫，得美满安乐，是他于人间最后的牵挂。
钟馗准备好嫁妆，带着一众小鬼，骑上塞驴，奔赴关山千里之
外的家乡。一路上，他拿着杜平的小扇擦拭摩挲，喜滋滋看了
又看，瞧了又瞧。在他眼里，这扇子就是妹子一生的幸福啊。
杜平忠厚仗义，妹子贤淑达理，二人相配，定是一桩美满姻缘。
阔肩、高臀、厚底靴，相貌狰狞的"捉鬼大神"摇摆跳挪，起
起落落，对着小扇的一番表现，可见其内心的欢乐。有了它，
妹子在这人世间就不会孤苦伶仃、无人关照。她会有一个疼爱
她的丈夫，有一个温暖的家，有自己的孩子，享受爱情、亲情
和天伦之乐。哦，妹子还在家里等他，他要快些去把这个好消
息告诉她。

热闹的锣鼓，激昂的乐曲，梆子急速地敲击，高亢酣畅，

使得这一场行路很是欢快，连着眼前的景物都分外美好："俺只见枝头鸟语弄清声，小桥边桃花数点红。又只见一带长堤杨柳青青，桃花逐流水，水面映花红。观不尽春色美景，与骚人才子添诗兴。风光依旧，恍如梦中情。"

然而欢快的背后透着悲凉，重逢即别离，这一场嫁妹过后，将是阴阳永隔。

"一路长风伴我行，夜色静，寂无声。故园热土一望中，物是人非倍伤情。"兴冲冲千里赶回的钟馗，至自家门前却徘徊犹豫，不敢敲门："来到家门前，门庭多凄冷。有心把门叫，又恐妹受惊。未语泪先淌，暗呀暗吞声……"他要怎么告诉妹子他已不在人世，眼前这个狰狞可怖丑陋的自己，就是她朝暮盼望、日夜牵挂的兄长。他回到了家乡，可再也回不到过去。今夜的重逢，是他们兄妹间最后一次相聚。

浓墨重彩的花脸上，有满眶泪水盈盈。此时此地的钟馗，应该是看哭了很多人的。

果然他一进门，就吓晕了妹子。妹妹不相信离家时好好的兄长，而今成了这般模样。钟馗以手遮脸："贤妹，莫要害怕，我真的是你哥哥钟馗回来了。妹子——"

不管是戏里的钟妹，还是戏外的观众，都被这一声"妹子"瞬间破防。"离家时兄是俊雅奇男子，回故土声情未改貌狰狞。"妹妹号啕大哭，心疼吃惊地追问缘由。钟馗的哭泣无声无息。纵然再刚强挺立，亲人面前，满腔委屈终究化成了无尽的悲泪。兄妹相拥，他轻抚妹妹的后背，竭力安慰："贤妹呀，你莫悲

声，愚兄对你诉衷情……"一边诉说原委，一边拿衣袖给妹妹拭泪。

这是戏里钟馗第二次给妹妹擦眼泪。第一次是他上京赶考兄妹离别，钟馗背着行囊走远，回头见妹妹在哭，忙又跑回来，拍着妹妹的肩头，给她擦去泪水。他其实是个刚强而又温柔的男人，如果能活着娶妻生子，一定也会是个好丈夫、好父亲。可是他没有这样的机会，他唯有竭尽一个好兄长的职责："趁此良宵明月夜，愚兄送你把亲成。"他吩咐鬼众："车辆备好，鼓乐吹动，随爷嫁妹走遭。"

换上吉服，给妹子挑了朵艳丽的红花簪上发端，他高兴得手舞足蹈："俺只见车轮马足匆匆地趱去程，看旌旗掩映，烧绛烛引纱灯，听鸾凤和鸣。兴冲冲喜盈盈，送妹把亲成，从今后斩妖除魔志平生。"送妹出嫁是他于人世最后的念想，可人鬼殊途、阴阳两隔，极致的欢乐、短暂的重逢后，便是恒久的别离。

钟馗要走了，与杜平完成花烛的钟妹，呼唤着"哥哥"痛哭失声。钟馗慌得摆手："贤妹，你的大喜之日，你莫要落泪。"他带头笑起来："哈哈，哈哈，啊……呜……"终究是呜呜地哭了。

从此后，人间再无那个文武双全、正直仗义、扶危助困、刚强温柔、倾尽全力呵护着妹子的钟馗了。

这出戏最打动我的，就是成为"捉鬼大神"的钟馗的欢笑和悲泪，在他的悲欢中，窥见人世间最珍贵的情谊——兄妹骨

肉、知己挚友，患难与共、生死相依。

在我为之落泪的同时，又不禁深思它被大众喜爱欣赏的原因。戏曲擅长以情动人，这出戏让人们感受到这些美好珍贵的情谊外，还圆了弱小无助者一个扬眉吐气的梦想。

科场昏暗，屡试不中，钟馗本不想再去赶考。县令的大公子常风带了银子来访，请他帮忙科考作弊。钟馗不答应，常风很生气，说给你脸了不是，少爷朝中有人，没你我照样中状元。钟馗恼火，偏就不信邪，遂欲至科场决一雌雄。没想到考完放榜，常风果然中了状元。钟馗前去理论，考官徐伯群觉察有异，命两人当场写作梅花诗。常风写的是："一树梅花闹嚷嚷，活像串串芝麻糖。芝麻糖献皇上，赏我一个状元郎。"杨国松点评："诗文固然欠佳，德行却好，口口声声不忘皇上。"徐伯群亦无力对抗，愤而辞官。

常风挑衅钟馗："你服不服？"

不服来战。

一介寒士，面对皇亲国戚、奸臣当道、刀枪剑戟侍卫林立，要拿什么去战？所剩唯有一命。于是钟馗舍身相抗、触柱而亡，然后他被赋予了神力，方能凌驾于杨国松的强权之上，惩恶扬善、大快人心。

但其实呢？就如钟馗所说："人死焉能复生。"遑论鬼神之事。

如果没有那些想象出来的亮色，去温暖这冷酷无情的现实，钟馗的结果就是曝尸荒野，杜平同样会受到迫害，哪里还有什

么钟馗嫁妹？

不过是弱小受欺者的一个绮梦罢了。

现实中更多的是失去了哥哥，也没有杜平，孤苦伶仃、无人关照的钟妹。

当然，这就是戏曲的功用之一：追求善美、显明正义、探寻公平、慰藉人心。

但在得到安慰的同时，我觉得应该多一点清醒。你可以保持"不以颜色媚于斯"的操守，但你不可以不力争上游、自我强大。只有强大了，才可以自保，才可以护他，才可以以一个"人"的身份，予弱小者温暖，予疲敝者力量，彰显"人间正声"，去论一个公道。

想起 20 世纪 80 年代由黄蜀芹导演、裴艳玲参演，以其真实经历为蓝本的国产电影《人鬼情》。

"我是真闺女，不是假小子。"女主角秋芸最想演的是如钟妹般的旦角，一生有个像钟馗一样的男人来保护她、解救她。然而从青梅竹马的二娃，慧眼识才发现她、培养她，和她有着诸多共同语言的剧团张老师，到与之生了两个孩子的丈夫，最终都无法依靠。

直到她自己演了钟馗，成了钟馗，那个疼爱她、呵护她，可以为她拭泪、替她簪花、送她出嫁的男人。

没有爱情，没有婚姻，还有舞台。眼泪无用，你唯有强大，想方设法地强大。幻想中的钟馗对她说："我就是你，你就是我。你离不开我，我也离不开你。"

原来那个庇护她、救赎她的人，只能是她自己，一个变得更强大的自己。

一曲嫁妹人鬼情。静下心来，认真看一出戏，可以收获不少东西。

一出戏也可以点亮一个剧种，河北梆子《钟馗》，是经典无疑。

南华一梦恨偏长

黄梅戏给我印象最深的是 1988 年由马兰、黄新德、卢伟强主演的《劈棺惊梦》，改编自明代冯梦龙《警世通言》里《庄子休鼓盆成大道》，其剧本、音乐、唱腔、表演均属上乘。

故事并不复杂，讲庄周和成婚两年的妻子田氏隐居在南华山。一日，楚王孙携童儿拜见庄周，庄周恰闭关修道，童儿便央田氏带他们去逛当地的菊花会。

田氏穿上初嫁的衣衫，惊艳了楚王孙。他折下路边的菊花给田氏压鬓，又在菊花会上买了珠钗相赠，并抢到田氏于高塔挥落的手帕。山野归途，两人忘情地牵手相拥。

乌鸦声鸣中，楚王孙惊觉自己逾矩的行为，仓皇离去。庄周觉出田氏的异样，假死变作楚王孙前去试探。田氏答应假王孙的求婚，并为了救他持斧劈棺。庄周告知真相，写下休书放其自由，田氏羞愤自尽。

庄周烧了房子离家出走，赶来的楚王孙呼唤着田氏冲进火海。远处，庄周扔了行囊，大喊一声，哭倒在雪地。

中学时看《劈棺惊梦》，不能深入领会内涵。如今再看，我依旧惋惜楚王孙没有及早到来。

我从来不觉得田氏是坏女人,虽然她的确婚内精神出轨,又要劈开死去丈夫的脑袋以救新欢。

我给予她的,只有深切的同情和叹息。

田氏很美,她在最好的年纪嫁给了庄周,然而婚后的生活寂寞无聊。她辛勤操持家务,对庄周毕恭毕顺,举案齐眉。小心翼翼给丈夫送茶,却被数落:"吾潜心修道,饥渴皆忘,何须用茶?"她惶恐而退,继续去院子里数大上的乌鸦。

树上的鸟窝被风吹到河里,伤感之余她觉得自己好歹还有个窝,决定如庄周所言,无欲无求、知足常乐。

楚王孙的到来,犹如春风吹皱池水,让田氏感知了不一样的人情。

女人天生爱美,并且希望自己的美丽能够被关注和欣赏。就连邻居丑姑也总是问"我好看不好看",时常道"我妈妈说我一年比一年长得好看了呢"。田氏折了一朵小菊花戴在发间,希望庄周能够发现。庄周却批评她损天然之美而求矫饰之美,硬是让她取下来给还原枝头了。而当童儿问田氏为什么头上只有一个木杈杈,连朵花都没有时,楚王孙却立刻折下一大朵山菊来给她压鬓,并道:"此花能为师母增添风采,也不枉它开得如此鲜艳。"

"花一朵,情两般",我想就是在那个时候,田氏对眼前温文尔雅的少年有了不一样的感觉。于是寻常的景物也变得不同寻常:"从不知天有这样蓝,从不知地有这样宽。从不知山有这样绿,从不知花有这样鲜……"

菊花会上，楚王孙买了一支珠钗让童儿送与田氏，田氏有些意外，悄悄握在手中，抬眸又遥见那暖暖的微笑。田氏登塔寻找走散的王孙主仆，被人们误以为花仙下凡，争抢她挥落的手帕，楚王孙抢到后紧捂胸前。

秋日晴朗的天气，热闹熙攘的人群，玉树临风的少年，温情涌动的瞬间。芬芳的菊花、漂亮的珠钗、会意的眼神、明丽的笑颜……这就是爱情的正确打开方式，却是庄周从未给予过田氏的。

山野归途那忘情的瞬间，令田氏刻骨铭心，久久回味："这滋味两载夫妻何曾有，只觉得如醉如痴暗销魂。"当楚王孙离开后，她觉得天地都为之一空。然而她依旧是个本分的女人，一时的遐想过后，便深悔自己一个有夫之妇竟做出了"见不得人"的事。她决定痛改前非，不再去想楚王孙，恪守妇道，至诚侍奉庄周。庄周死了，她决意为之守节终生。

她还是个重情义、敢于为爱牺牲的女人。她答应假王孙的求婚，并非因为王孙尊贵的身份和对荣华富贵的贪慕，她不忍见其头痛而死，情愿自尽取脑以救。当被告知要男人的脑髓才有用时，假丑姑提醒她去劈棺，假童儿跪地哭求，递上斧头。

她接了斧头跌跌撞撞奔进南华堂，她不能让心爱的王孙就这样死了。但想到庄周，又实实不忍。她放下斧头出了南华堂，耳边又传来王孙凄惨呼痛之声。她想起庄周帮扇坟的寡妇再嫁，想起他说"人死灵魂升天去，留躯壳任它火烧与水灭"，乞求他大发慈悲允许她劈棺。

庄周试妻的终极目的，是为了探知田氏的情之所归，在最为关键的时刻，她心中的天平向谁倾斜。然而假丑姑和假童儿都求她救人，假童儿更道："师婆婆，求你救救我家公子吧……庄先生和我家公子哪个要紧，一个已经死了，一个还活着……你想哪个要紧啊！"

在死去的庄周和活着的王孙之间，她别无选择，唯有劈棺。

再说楚王孙，我同样觉得他是一个美好的存在。

这个楚国王室的贵公子，一出场就表现了为人至诚的一面，有马不骑，步行十多里坑洼不平的山路前去拜见庄周，呼田氏为师母。

惊艳于田氏的美丽，年轻男女之间的爱意是难以抑制的自然流露。但在那个忘情的相拥后，他陡然醒觉，内心挣扎而痛苦。他想起自己加冠礼时跪受的教诲："见财不可贪，见色不可想。起坐要端正，行动要温良……"他一直就是用君子的德行来规范自己，怎么能对师母想入非非？

可是情难自己，他将田氏的罗帕握之于手、触之于颊、抚之于胸，就算最后忍心弃之于池塘，依然感物伤怀，饱受相思的煎熬："夜漫漫，日长长，坐看枝头叶儿黄。黄叶有意留枝上，怎奈无计抗严霜。依依惜别声声叹，枉自相思枉断肠。"

童儿告诉他庄周的死讯，他担心田氏，决定前去吊唁。驿馆门前，假丑姑为了阻止他到庄家，骗他说田氏将要嫁人。他一口鲜血喷涌，从马上栽倒下来。

自昏迷中惊醒，不祥的预感令他挣扎下地，立刻要赶去看田氏。众人跪地阻拦，他便待众人熟睡后，一个人悄悄出了驿馆，风雪之夜艰难步行于山间。赶到庄家，已是一片火海，他大喊着"师母，我来了，等着我"，冲了进去。

诚恳深情的王孙，玉树临风的少年，端正温良的君子，如一块晶莹润泽的美玉，谁见之不爱、得之不喜呢？

戏中的庄周，自然不是历史上现实里的庄周。他修成半仙，却没有神仙的洒脱自在。他猜测田氏和楚王孙有情后恼怒异常，倒也并非因爱成恨、妒火中烧，他对田氏本不关注，哪里谈得上爱与恨？有的只是自家之物被人染指的愤怒。他飞奔到屋外的树上，欲对驿馆中的楚王孙施法惩戒，又假死试妻，把田氏逼上了绝路。

想起了冯梦龙《喻世明言》里的第一个故事《蒋兴哥重会珍珠衫》。蒋兴哥外出经商，得知妻子王三巧与陈大郎有私，并以蒋家祖传珍珠衫相赠情郎。他急急赶回，望见家门，不觉坠泪，想的却是："当初夫妻何等恩爱，只为我贪着蝇头微利，撇她少年'守寡'，弄出这场丑来，如今悔之何及！"而庄周在那时是丝毫没有反躬自省的。

他作死作妖地变成楚王孙去引诱田氏，自己却沦陷在这假戏真做里。他这才发现田氏竟如此之美，这原本是他的女人啊！他心中柔情迭起："妻啊，只要你的情还在我的身上，从今后我一日看你三百回。"他见田氏喜盈盈戴上楚王孙送的珠钗，惶惑着"这支钗儿是何时买，我竟不知半毫分"，终感叹"两载夫妻少亲近，错过了多少美景与良辰"。

　　他在哪个环节停止试探，一切都还来得及。但执念引他不得回头，他跪地求婚，又假装头痛需人脑医治，非要把自己和王孙在田氏心里掂量出个轻重："我倒要看看她究竟会不会去劈我的脑壳？"

　　田氏的劈棺使他清醒，知晓她于自己不过是"纲常道德之夫妻恩情"，和楚王孙才是"自然天性之男女恋情"。那么崇尚自然天性的他，怎能不放爱自由？他诚心实意写了份休书，最终要了田氏的命。他不知道对于田氏而言，楚王孙如果没有来，那么爱就成了虚妄，而这一纸休书，却叫她连先前聊以自慰的那个窝也没有了。她会因此饱受旁人的指责和轻视，这世间哪里还有她的立身之地？

　　庄周的不谙人情，在童儿对他的初印象里就有所体现："这个庄先生好古怪的脾气，师婆婆跟了他真是倒了霉。"作为一个贤哲，他著书立说，名列百家，而作为一个丈夫，他未尽职责，情商始终不在线，连一个温存的拥抱都没有给予过妻子。

　　该剧的主题，是出现在片首的作者的话"人类最大的弱点是难以战胜自己"，我对此有些不同看法。

　　这句话用在庄周身上似乎最合适。他帮小寡妇干坟再嫁的时候想得明白："死者归天，生者改适。顺乎自然，合乎人情。"轮到他便不行了。"天生万物兮，各有常性。顺乎自然兮，勿悖勿绳。可叹世人兮，不悟道本。作茧自缚兮，哀死哀生。"那番坟台旁感慨别人的话，简直像在说自己。

　　但他最终还是幡然醒悟，虽然于田氏充满留恋，依旧写下

休书，并对她的死痛心疾首："我真心地放你走，你为什么要死啊？"

那么是说田氏吗？就如庄周最后的哀叹"庆吾自拔兮，怜汝不省"，明明应该好好活下去，为什么要自寻死路？

我觉得也不是。

田氏的母亲结婚三个月就守寡，田氏从小没有父爱。嫁给迷恋仙道、无欲无为的庄周，她"寡言常相对，芳心如死灰"的生活里又缺乏丈夫的爱。成为"寡妇"，更被各种约束："不擦胭脂粉，不穿花衣服。不照梨花镜，不露笑面目。春日不观花，秋夜不听曲。紧紧闭门户，一步也不出。"日子漫长而凄凉。

突然有一天，一个风流倜傥、温情脉脉的男子在她面前真切地说："菊花纨扇两情美，千里相逢天做媒。又何必口儿心儿苦相违，落得个魂儿魄儿空想随。倒不如真情直对，学鸳鸯比翼双飞。"向她描绘春夏秋冬、一年四季两人相依相伴、深情缱绻的美好图景，希望和她"你亲我爱如鱼水"，品尝"至醇、至厚、至香、至美的人生甘露酒一杯"，这个年轻、美丽、鲜活的女子怎么能不充满向往呢？

于是她勇敢地去爱了。

但是这一切，都要基于楚王孙对她的爱的真实存在。那朗朗秋光下的半天欢愉、瑟瑟冬日里的一番情话，是她死水般生活的唯一亮色。她在楚王孙的梦中对他诉说："芳心一颗早相许，此生不做他人妻……生生死死愿随你，任人笑骂任人讥。"

红舷情

但当她得知所谓的楚王孙的爱不过是一场虚幻，取而代之的便是深重的恐惧和无限的悔恨："只恨我经不起情爱引诱，只恨我受不了寂寞春秋。只恨我违妇道节操未守，只恨我把清名一旦抛丢。"

记得梁咏琪的《勇气》里有这样一句歌词："只要你一个眼神肯定，我的爱就有意义。"那么当田氏世界里那抹仅有的亮色黯然消失，遮风挡雨以之自足的窝都没有的时候，生命也就失去了支撑和存在的价值。只是她不知道，楚王孙正徒步山间、顶风冒雪地赶来。

还有楚王孙。这个天潢贵胄、王孙公子，他从一开始就知道自己对田氏的感情是个错误。他们之间有着"庄氏妇"和"楚国臣"的鸿沟，身份地位的悬殊差别，令他们几乎没有在一起的可能。但是他不能忘情，熬不过相思的苦痛。听说庄周死了，他担忧牵挂田氏，立时策马奔赴前去探望。半路得知自己将娶侯爷之女为妻，他又心急火燎掉转马头赶到侯府。这个循规蹈矩的少年借酒装疯，强行取消婚约，只为给心爱的人留出一个可以爱的空间。

他在梦境中对田氏说："世间万物不如你，荣华富贵更莫提。"他其实做了为爱抛弃一切的准备。他拖着虚弱的身体，挨了半夜的风雪，踩着崎岖山路，一步步走到庄家，不顾生死冲进火海。

他只是差了一点时间。

庄周愿意休妻，田氏向往再嫁，楚王孙也真的来了。他们

战不胜的是冥冥中不可预知、无法掌握的暗自铺排。天地不仁，以万物为刍狗。天若有情天亦老。

或许只有像戏里活了三百岁的聋叟，除了砍柴、吃饭、睡觉，一概没心没肺、无牵无挂，才能岿然立于不败之地。

然太上忘情，最下不及情，情之所钟，正在我辈。情感世界里，愈叫人心心念念、耿耿于怀的，大概就是得不到和已失去。

其实，作为哲人的庄周自有他的蝴蝶梦，身为女人的田氏只渴求一份温情的呵护。有时候想想，在这寻仙问道和男女情感的交集中，各得其所多好。

可惜，命运从不询问你我。

南华一梦恨偏长。

而戏曲之美，便是这浸淫日久的难忘与遐想。

不意良人世所稀

越剧《盘妻索妻》和《盘夫索夫》仿佛是同一剧情的男女版，我对这两出戏的喜爱程度却大相径庭。

《盘夫索夫》中，在那婚前没有见过一面、说上一句话的包办婚姻里，严兰贞就是一个"只要我们夫妻和，天翻地覆我都不顾"的"恋爱脑"，曾荣的人设也不怎么讨喜。《盘妻索妻》则不仅塑造了梁玉书温良敦厚的至诚君子形象，还让人看见了爱情最美好的模样。

所以，今天说说《盘妻索妻》。

这个戏剧情不复杂，讲的是相国公子梁玉书在游春途中邂逅御史之女谢云霞，一见倾心，托师兄刘仁元做媒，几经周折终成佳偶。谢云霞的父母为梁父所害，在这一场浸染家仇血泪的婚姻里，梁玉书以他的温柔、多情、正直和善良，诠释了一个稀世好丈夫的含义。

有多好？我曾经写过一篇《君子如玉玉无价》，梁玉书是其中之一。来看看他的具体事迹：

春光明媚的扬州城，游人如织。小梁公子本来是去游春的，不想书童拾到一块玉佩，他急人所急，放弃游春，在原地坐等

失主。

还佩相会，谢云霞对梁玉书很有好感，而她于梁玉书而言则更是一眼万年的存在。心动就行动，小梁公子立马去求师兄刘仁元做媒。说实话，这样人品好、文才佳的"高富帅"谁不爱？谢云霞充满喜悦的内心，却在听闻其父就是当朝宰相梁如龙时骤然崩溃。杀害父母的仇人之子，哪个要嫁你！

奈何梁玉书行动力超群，认准了就不放弃，几次三番央媒求亲。谢云霞最终为伺机报仇嫁入梁家，只是两人连见个面、说句话都犯难。

这怕不是结了个假婚？

中秋夜，花园中，梁玉书的一个背影写满惆怅："难道她另外有隐情，难道我何处得罪了她？"

好不容易把娘子请来一起饮酒赏月，开启"盘妻"之路，一番言辞恳切，却在说到中秋团圆上"整段垮掉"。娘子拂袖而去，玉书很是郁闷，这又怎么了？也罢，遇上这样的奇女子，还是不要自寻烦恼了。但一想到娘子回去要独自生一晚上闷气，他心里就舍不得，于是巴巴地追去劝慰。

追到门外，房门紧闭。梁玉书踌躇着想要离去，恰闻门内有人叹气。常言道"要知心腹事，但听背后言"，他站在门口听墙角。

这一听简直听到怀疑人生。原来自己的父亲是朝中奸臣，连着继母、继妹都是陷害娘子一家的凶手，只是想不到娘子狠起心来连他也要杀。这下真气到手抖："我与全家非同谋，她

竟将红木比桑梓。我平日待你有何错，你是非不分要我死。"可他还是决意为之隐瞒。

夫妻和好，浓情蜜意，老父偏来信催他上京赴试。依依不舍同娘子告别，一考就考了个状元郎。不想得到皇叔青睐，天子为媒，要招他为郡马。梁如龙欢天喜地，小梁公子不答应：那啥，我已经有老婆了。

梁如龙说儿子你傻呀，招了郡马就是皇亲，到时候我们朝纲尽握，随心所欲，永保富贵。梁玉书问家里的媳妇怎么办，梁如龙很不屑：休了呀，人往高处走。

梁玉书望之目瞪口呆，请问您是不是我亲爹，这三观完全不在一个频道啊！

他义正词严地指责父亲："你在朝中为丞相，理应该赤心报国做忠良。站得正何用泰山靠，大不该仗势霸朝纲。须知道欺心之事难欺天，切莫要作茧自缚祸自尝。你及早回头赎前愆，休待他年后悔长。"

要说小梁公子在这样的家庭独善其身是当真不易。得亏他爸长期在外做官，家里的继母、继妹也不亲。整日埋头攻读诗书的他，被博大精深的中华文化培养成一个真正的君子。

我干吗要来考试，要来做官，这是个什么样的世界？他愤懑地想。

"看如今父掌相权坐当朝，狐群狗党布满道。圣上不将忠奸分，朝廷昏暗实可恼。如此世道怎为官，我岂能随父作恶把天良抛。"娘子还在家里等他，痛定思痛，他决心弃官拒婚：

"这君臣义、父子情，一笔勾销。"

于是他急匆匆飞骑归故里，找到娘子一起远走他乡。

梁玉书这个人物几近完美。他虽然是高干子弟，却不跋扈骄矜，待人接物谦恭和蔼，是个标准的温良君子，对是非善恶有自己正确的价值判断。作为丈夫，他对妻子体贴关怀，一片深情。为了爱情和正义，他可以抛却相国公子、状元郎和未来郡马的身份。

也许你要说这孩子不食人间烟火吗？没有这些哪里还能活得如从前般恣意？可这台上台下的距离，恰是戏曲的魅力所在。日日被尘世的烟火气呛得灰头土脸，难得有一时涤荡心灵的清明和松弛，有亮色照进现实的梦想和希冀，也是很叫人愉悦的呀。

再来说说谢云霞。她原是御史之女，因父母为梁如龙所害，自此隐姓埋名，寄身于普通百姓的刘家。当刘兄前来说媒时，她是十分高兴的，一个以袖掩面的娇羞笑容竟露女儿姿态。内心而言，她很喜欢梁玉书，只是想不到他这仇人之子的身份。

她勇敢、善良、明辨是非，淑惠温婉中透着倔强刚烈。她为报仇嫁入梁家，对梁玉书及其继母、继妹态度冷淡，对侍女荷香却情如姐妹。梁玉书为她所做的一切，她并非无动于衷。她为错怪他而内疚软语，又在其假意要去揭发时刚强挺立。当她被婆婆、小姑识破身份遭到囚禁时，也满怀不甘地抗争：父母之仇未报，离散兄长未遇，待她情深义重的丈夫之爱未偿，她怎么能就这样死了？

所幸美好的人儿终得比肩同行，没有荣华富贵，可有情饮水饱。

我以为一见钟情的爱情自是美好，但终归三观一致的灵魂才能长久契合。

《盘妻索妻》作为尹派代表作，被众多名家演绎。我听过尹桂芳1962年全剧实况录音，影像资料无从得见。陆锦娟的《盘妻》别具一格，可惜她只留下1983年与舟山越剧团杨孝星合作的唯一电视录像。彼时她已五十多岁，气韵风度、举手投足，依旧迷人。

王君安的《盘妻索妻》我看过其新旧两版的视频，旧版大概在20世纪90年代录制，新版是她在美国留学十年归来，由CCTV11录制的空中剧院。相比而言，我更喜欢旧版。且不说那时的她就是个不谙世事的少年，雏凤清于老凤声，唱腔一起，软软糯糯，行云流水，如闻天籁。单从录像技术看，旧版的镜头切换恰到好处，比新版更能兼顾舞台全局。比如"露真"一出，谢云霞在门内怒骂梁家有大段的唱，梁玉书站在门外偷听，眼神、表情、扇子、水袖、动作，随之都有细腻丰富的变化。但空中剧院的录制原则似乎是谁唱给谁镜头，长时间近景固定不管其他演员，有事没事还要往观众席上扫，看得你那叫一个着急。你说你摇几个镜头给旁边的梁玉书多好！

说到底，这就是为什么看戏要看现场的道理。那种坐在台前身临其境的感觉，是电视不能比的。《盘妻索妻》的现场，我只看过萧雅从美国回来在逸夫舞台的演出，那时她也五十多

红氍情

了吧。

终归都不是昔日意气飞扬、风华正茂的少年了。

我深以为在最好的年纪遇到对的人，在精力旺盛之时做着自己喜欢并擅长的事，是这人世间的幸运。

注：文章标题选自本人长篇叙事诗《盘妻索妻歌》中的一句，附全诗如下。

盘妻索妻歌（并序）

余幼好戏曲，尤喜绍音。家母上虞人氏，儿时常随之观剧，亦得哼唱几许。闲暇偶拾旧戏，往事历历，遂拟七言歌行叙剧中离合，并遣余怀。

春色撩人到扬州，莺飞蝶舞动离忧。
赏春难遣心头恨，浅笑权解梅香愁。
陌上谁家少年郎，顾盼生姿足风流。
书斋久别春消息，画里春光今日游。
忽见玉佩尘埃中，毫光万点出名门。
玲珑无瑕多剔透，顽童戏作掌上珍。
还佩坐等失佩人，君子如玉古风存。
果见娉婷惊惶色，又疑复到莲台下。
美目流盼如云发，玉骨冰肌霜雪滑。

清奇应是神仙品，人间无此解语花。

灵犀一点心上起，梦里相思卿知否。

挽媒再三托刘兄，周折几经成佳偶。

洞房红烛花并蒂，盈盈喜气难自抑。

感卿相惜偕连理，脉脉此情永不移。

闻道守孝须三年，一诺郑重当成全。

怜卿新妇初到此，款款叮咛语绵绵。

不解萧郎温存意，虚与委蛇暂周旋。

虎穴只身非得已，更待时机报仇冤。

春去秋来日复日，桃花落尽桂花闲。

中庭空照离人月，横塘一片出水莲。

近在咫尺天涯远，秋风独对秋意寒。

愁肠百转难解释，莫知婵娟心恨谁。

佳节园亭邀相会，笑语殷勤先举杯。

共看月华诉心曲，但得玉人一展眉。

年年此夜明月色，去岁彼时月长暝。

今夕又见中秋月，对月唯有泪暗零。

欲猜心事弭心结，话尽衷肠言恳切。

只谓赤忱融冰雪，偏教有恨生决绝。

团圆月下家人散，密爱轻怜视等闲。

悲泪难禁拂袖去，公子情坚伤黯然。

未妨各人归各所，何须自扰心头烦。

又恐他愁萦怀抱，夜长独对不成眠。

门外踌躇别意难，忽听门内人长叹。

声声含怨诉悲苦，奸臣误国擅弄权。

万钧雷霆销魂魄，霹雳一道裂肝胆。

始知两家仇血海，水月镜花空念牵。

佳人意气轻生死，闻言柔肠几断绝。

枉是多情情似火，堪嗟狠心心如铁。

恼恨本欲斩情根，转思回想叹情深。

细语呼唤进门去，丹心剖却话坦陈。

侠骨热血秉忠义，君子原有英雄气。

伶俜弱女叹漂泊，不意良人世所稀。

昨日多少寒霜雪，今朝春回霁风雨。

和鸣琴瑟飞鸾凤，浓情如胶复似漆。

良夜苦短又别离，父命赶考京城地。

才子经纶富五车，轻取一甲头一名。

岂知大祸起萧墙，老父专横貌狰狞。

逼娶郡主休前妻，旧盟忘却登龙庭。

忍看鸳鸯失伴飞，肯将琼枝入污泥。

拼将笼破翔彩鸟，一剑斩断君臣义。

尽抛廿载父子情，弃官飞骑归故里。

来觅云霞人不见，惊闻只道泄天机。

怒掷连城珊瑚树，空对玉佩哭贤妻。

小鬟仗义施援手，绝处忽遇大光明。

青山留得存希冀，再奔岳门觅卿卿。

刘兄戏言二三语，且探虚实试真情。

呕心沥血明肺腑，夫妻相逢喜泪盈。

从今不许轻别离，关山万里踏浪行。

我闻越歌少小时，丝弦鼓板近痴迷。

往日历历犹似昨，抚今追昔事如棋。

红尘甚多烦物扰，纷纷若雨来是急。

莫问彷徨何所泣，总有伤心人不知。

偶将闲暇拾旧戏，归来少年终不似。

又忆当年太先生，绝世风流发清音。

依稀都是前尘事，独叹流光飞转去。

沧海几多遗明珠，长歌钟情说盘妻。

春满罗浮山

几年前为叶青歌仔戏《蛇郎君》写过《春满罗浮山》，前几日翻出来感觉不尽如人意，于是决定重写。

还是以当年概括戏的内容的五言古诗开头："青山隐秀水，造化岂平凡。小蛇成巨蟒，日月萃华丹。两世生奇缘，一意系婵娟。历劫天地改，春满罗浮山。"

这是个十分美好的故事，因为蛇郎君罗浮是个十分美好的人。

他原本只是山野里的一条小蛇，餐风饮露，经过一千五百多年的勤修苦练，终于幻化人形，上到天庭，被玉帝封为玉芝使者，居瑶池，为西王母看守仙草紫玉芝。

从蛇到仙，是一件多么艰难而幸运的事。即使每日里只是对着那几株仙草大眼瞪小眼，但到底一步踏上天之境了。

幸福感不知道，成就感一定是爆棚的。只是他不知道仙家法重，自由度很低。他成为一个忠于职守的小仙未满百日，遇到了因王母生日来采紫玉芝的琼花仙子。

俊男倩女一相逢，便胜却天上无数。两人一见倾心，眉目传情，引来王母震怒。琼花被打入凡间，他则要被囚禁于凝碧

崖受苦。太乙真人为他说情，王母网开一面，允其到人间行善除恶，戴罪立功。

去人间行走，自然要有名姓。他下凡到的第一个地方是罗浮山，罗浮之名由此而来。

二话不说，他雷厉风行四处行善，赈灾救人、降妖伏魔。他收了小蛇精秦儿做书童，饶恕以美色迷人的鱼精夏玉虹，使其修道向善。一转眼二十多年过去，琼花转世的李珊瑚也已成年。桃花树下，她正默默思念着青梅竹马的世兄叶俊英。

叶俊英中了武秀才，珊瑚随父母前去贺喜，厅堂上还坐着叶俊英的救命恩人罗浮。他一眼就认出了转世为珊瑚的琼花，两眸放光、惊喜不已。珊瑚面对拦住她去路的罗浮只觉奇怪。

叶家花园，珊瑚误将罗浮当作叶俊英倾吐心事。罗浮尴尬，心里五味杂陈。珊瑚则以为他故意偷听，恼羞成怒，嫌隙初生。珊瑚拂袖而去，罗浮捡到她遗落的玉锁，细望出神。

叶俊英和同是青梅竹马的章璧珠订婚，珊瑚听闻一口血喷涌而出，被罗浮抱扶在怀中。他不曾忘却当年天庭的情事，而珊瑚则对他记忆全无。她痴恋着叶俊英，偏偏叶俊英喜欢的是章璧珠。

太乙真人前来告诫罗浮不可对李珊瑚想入非非，秦儿却怂恿他不用理睬："既然你爱李姑娘，缘分又是前世修。今生就该结白首，不做神仙做鸳鸯。"罗浮静静地听，看一眼小蛇精，低着头笑。这一笑柔情飞荡、极致动人，这一笑如冬日暖阳、春风和煦。

秦儿的话说到他的心坎里。

罗浮探慰珊瑚，情不自禁一声"琼花"脱口而出，引来珊瑚的误会："看你生就这副风流潇洒的模样和玩世不恭的态度，喜欢的女孩子一定很多，别给我琼花瑶草的乱叫。"

罗浮无言以对。

他不忍珊瑚为情煎熬，变化成朱仙客入其梦中指点迷津。任性倔强的珊瑚偏就不信邪，她坚信叶俊英爱自己，和章璧珠订婚不过是父命难违。不就订个婚，有什么了不起，我也订一个给你看。于是她赌气和章璧珠之弟章璧文订婚，以此来试探叶俊英的感情。

流寇作乱，百姓受灾。珊瑚和璧珠送俊英和璧文去从军。路上，珊瑚看见罗浮追逐一个女子，好奇跟去。罗浮不愿失去内丹、受了重伤的夏玉虹在人前现出原形，将她抱在怀中以身相护，更引起珊瑚误会。

罗浮往广灵协助官兵剿匪，日夜出入金缕楼，倚红偎翠，欲从盗匪头目杨虎师妹、歌妓花姑处查一份奸细名单。

璧文殉国，珊瑚愧疚万分，去往广灵府陪伴璧珠，在街上偶遇罗浮。珊瑚态度冷淡，罗浮却喜出望外。他拿出玉锁，独自诉说对珊瑚的情意："你对罗浮不愿睬理，见面就冷言来将我讥。我却朝夕思念你，深情只敢诉与这玉锁知。"

玲珑骰子安红豆，入骨相思知不知？

珊瑚自然是不知，非但不知，还十分鄙视罗浮花天酒地、金屋藏娇的行为。她不知道罗浮日日和花姑周旋的目的，而罗

浮也不知道花姑还是当年他杀死的那只害人雪狐的妹妹。

花姑咬牙切齿欲置罗浮于死地，找来师父鬼母帮忙。鬼母一眼就看出李珊瑚是罗浮的软肋，秋香亭内化身珊瑚，一杯雄黄化骨酒，只等罗浮自投罗网。

罗浮一向机警谨慎，却在假珊瑚面前如梦似幻、受宠若惊，将一杯雄黄化骨酒一饮而尽。

"恶贼未灭我离尘寰，也未曾替你取内丹。空负侠肝与义胆，身死黄泉心不甘。"他对赶来的夏玉虹遗憾道，奄奄一息之际，心中依旧是对琼花的念念不忘，"我当初为琼花犯天条，如今又为她魂魄消。我就是变成游魂，也无法忘了对琼花的情分。"

秦儿哭着去求王母，王母救回罗浮，告诫他切莫再蹈情关，否则会永堕痛苦的深渊。

罗浮取得名单，抓到奸细，官兵大获全胜。他成了人人夸赞的大英雄，唯有珊瑚不以为然，认为他沽名钓誉、欲擒故纵，哪比得上几次救她性命、默默行善不留名姓的朱仙客。历经生死的罗浮拿着金钗兴冲冲去见珊瑚，一言不合，又被劈头盖脸骂了回来。

"分明冤家重会面，天上人间断了缘。痴情蛇郎泪满面，九死一生恨绵绵。"罗浮喝着闷酒，手握玉锁，泪流满面。他为了她深受折磨，几乎丢了性命，而她竟然对他说："我讨厌你，根本就看不起你。"他借着酒意发了狠话："李珊瑚，我一定要忘了你！"

汾阳遭流匪洗劫，珊瑚担心在汾阳的父母急着要回去。生着病的璧珠亦担心独在汾阳的叶俊英的父亲，决定和珊瑚同去。兵荒马乱，珊瑚无奈去求罗浮护送。酒醉的罗浮道："你讨厌我，看不起我，为什么还叫我送？"珊瑚哭着离开。

　　罗浮酒醒，心生懊悔，急急一路追赶，暗中护卫。珊瑚对危急关头屡次帮助自己的朱仙客心生爱慕，对突然出现在客栈救了她们性命的罗浮依旧一肚子气。罗浮提出护送她们继续下面的路程，大家拍手称好，只有珊瑚不愿。罗浮只好赔罪："那天我喝醉了，姑娘你就别生气了。"

　　珊瑚撞见朱仙客赠金给寄居破庙的祖孙俩，对其的好感更如滔滔江水连绵不绝，在罗浮面前夸赞他是"二十多岁迷倒一众裙钗古今称魁的俊男"。罗浮偷笑，见过正脸没啊，牛也不是这样吹的，自己变化的分明是头戴斗笠、身穿道袍、留着胡须的道士。他望着珊瑚的背影思量："如果有一天，你知道朱仙客就是我罗浮，还会如此敬爱他吗？"

　　珊瑚是性格偏强、自尊心与好胜心都很强的姑娘，她对罗浮从来不屑一顾。罗浮也有很强的自尊心，但他的自尊在珊瑚面前不堪一击。珊瑚替他拿根绳子，他就很高兴。珊瑚较为关切地问他一句"雨下那么大，你现在出去行吗"，他就感动、惊喜到不行。所有人都劝他不能爱珊瑚，否则后果不堪设想，可他就是执拗地爱着，即使珊瑚倔强好胜、任性骄纵，他也视她为自己的全部。

　　而珊瑚对罗浮每每是"火星撞地球，见面就开掐"。这让

她的贴身婢女阿香都看不下去了："小姐，你的脾气实在太坏了，罗公子的脾气又太好了，要是换了我，早就和你翻脸了。"璧珠劝珊瑚和罗浮好好相处，凡事要多听他的话。可罗浮向右，她偏往左。罗浮说走右边的路比较安全，她就是要走左边的。青石峰下，罗浮击退盗匪，一把接住坠崖的珊瑚。珊瑚吓得直哭，正犹豫着要向他道谢，罗浮长扇一挥："别道谢，以后少给我惹这些不必要的麻烦就行了。"又把珊瑚惹毛了。

罗浮在送珊瑚等人回汾阳的途中有一段"柳燕娘"的唱词："但见远山雪茫茫，琉璃世界飘芬芳。必是梅开消冰冻，因何玉花无芳踪。"画面明净，曲调悠扬，歌声里有着淡淡的怅惘。仙凡有别，人妖殊途，珊瑚的琵琶别抱，令他看不真切自己感情的归宿。然而他依旧对太乙真人说："我信心比谁都坚定，定要她对我动真心。"

无数次罗浮静静地端详着刻有珊瑚名字的玉锁喃喃自语，无数次失望于珊瑚对叶俊英痴情之后的忍耐，无数次对珊瑚任性骄纵的包容，无数次对珊瑚默默的爱意与关怀。他一直认为珊瑚对叶俊英的爱是盲目的，但碧波湖畔珊瑚的那一巴掌，到底击碎了他所有的坚持。若不是鬼母假扮王母前来赐婚，他几乎要彻底放弃了。

罗浮对珊瑚是爱到极致的。比如，明知眼前的珊瑚是妖邪所变，也不忍心眼睁睁看着她死，只因为她有和珊瑚一模一样的容颜，而自己付出的却将是走火入魔、命丧当场的代价。为了在珊瑚心中留下一个美好印象，不愿其异类的形体呈现在她面前，不惜违抗天命，误杀仙吏南云，犯下滔天大罪。为了与珊瑚厮守一生一世的幸福，他甘愿抛弃风霜雨雪苦修苦练了一千五百多年的道行，堕入人世轮回。

珊瑚对罗浮的爱是不知不觉的。风雨破庙里，阿香提示她："罗公子爱上你了啦！"珊瑚不信，阿香罗列证据："结识公子一年整，见面就怨气生。讽刺争吵从未停，态度冰又冷。罗公子，笑盈盈，全部容忍在心胸。泥人也有三分性，分明对你有情。这回送咱转回程，水远山重重。一个生病一个娇，辛苦谁知情。分明他，爱意生，只是口中难说明。连我阿香也有反应，竟然你不知情。"珊瑚想想，又觉得不可能。罗浮这家伙风流成性，爱夏玉虹也爱花姑，哪还有真情给自己呢？她并不知道她对罗浮的感情就在这一次次的误会、猜疑和争吵中愈加浓烈。

罗浮和珊瑚有着各自的自尊，虽浓情入骨，却总是在变生波折中误会重重。叶俊英病重，珊瑚放下自尊去向罗浮借钱。罗浮心生妒忌当面回绝，之后则派人将银两送去，让珊瑚觉得又被他戏弄了一回。而罗浮只因对复将他当作叶俊英的珊瑚说了句满含醋意的话，便生生挨了她一巴掌。

其实，大反派鬼母倒是他们感情最好的"解人"。虽然她一直干坏事，从不干好事。但她一眼就看出珊瑚是罗浮的致命弱点，以此出招，每每一击必中。她假扮王母赐两人完婚，罗浮惊喜之余又不免垂头丧气："琼花仙子自从下凡后对我十分无情。"鬼母道："莫忧莫虑莫疑猜，看似无缘缘已来，看似无情情似海，终有一日配和谐（谐，闽南语音 hai，押韵）。"

比当事人看得清楚，还能说出这样有禅意和预见的话，也算是个天才。珊瑚终于知道叶俊英不爱自己，而罗浮是始终执着深爱她的人。罗浮拿出一直珍藏在身边的玉锁，大胆深情地向她表白。

珊瑚知道了罗浮就是朱仙客，是为了她屡犯天条的蛇郎君，为了她不惜千年道行，也不顾生死安危，而自己则是从看到他的第一眼，就注定永远无法将他忘记。不论天上人间，他们，从一开始，就是一见倾心、彼此钟情的。如此，他生她活，他死她亡，他被囚禁在罗浮山寒雾池，她就在山前结庐。哪怕这一等，是五百年。

罗浮是君子，亦是侠士。他柔情似水、豪气干云、善良正直、意气飞扬，有一颗仁爱包容的心。他救过秦儿、夏玉虹、叶俊英、章璧珠等人，也帮助过许多人。他爱护百姓，助官兵剿灭流匪。他用一个葡萄去治阿香的失魂症，甚至对几乎害他丧命的花姑亦宽宥仁慈，鼓励她改过自新、潜修正果。

罗浮是太过美好的存在。他最终用一千五百年的道行，换得凡人的自由，和珊瑚双栖双飞。

但即便没有那个团圆欢喜的结局，即便所有的情节都终结于寒雾池的泪眼，也一定会有穿越尘世的轮回，在五百年后罗浮山的明媚春光里，遇见劫满归来的蛇郎君。

山远水重重，只为那一笑难逢。

注：电视歌仔戏《蛇郎君》1984 年由华视摄于台湾。

　　叶青，台湾歌仔戏著名女小生，饰蛇郎君罗浮。

不破之城

近年来，给我印象比较深刻的戏，是李政成主演的扬剧《史可法——不破之城》。

戏以崇祯自缢煤山、史可法勤王不及、多铎率领十万清军围困扬州开场。督师扬州的史可法心急如焚地等待援兵，等来的第一个人却是已经降清的李遇春，带着多尔衮的劝降信。史可法以"虽畏天命，必尽人事"断然拒绝。

第二个进城的是小将史德威。史可法以为江北四镇派兵来救，不想诸镇袖手，史德威只带着手下十七弟兄星夜赶到。尽管只有一十八骑，史可法称赞"慷慨伟烈，胜过那千军万马"。李遇春哈哈大笑，第二次递上劝降信。史可法再度拒绝，即使诸镇不救，还有朝廷之师。

果然，皇帝派人来了。史可法高兴地以为京师来援，扬州有救了。他问进城的内侍带来多少粮草，内侍拿出一屉糕团，说这是你妈亲手给你做的。再问带来多少盔袍，内侍递来一件征袍，喏，这是你老婆给你缝的。三问带来多少刀枪剑戟、精兵强将，内侍道朝廷议论，钱粮须自保，兵马不外调。再说了这些寻常东西有啥稀奇，老奴奉旨给阁部送来一份不同寻常的

厚礼，保管你喜欢，叫上了擅弹琵琶的秦淮歌女桐华。

"我日日苦等夜夜盼，盼来个莺燕丛中女婵娟。当不得胯下骏马掌中剑，当不得盘里粥饭身上衫。"史可法彻底傻眼，大敌当前，生死存亡之际，皇帝你兵马钱粮啥都不给，就给我这个？

一旁的李遇春简直要笑抽过去，第三次递上劝降信：史可法你醒醒吧，弄清形势，看懂局面。扬州城内多少明军，扬州城外多少清兵，你心里没点数吗？良禽择木而栖，衰朽的南明和新生的清朝，你不知道比较吗？生存还是死亡，你不会选择吗？你读书读傻了吧。

史可法的内心不是没有震颤，诸镇不救，朝廷不援，这仗没法打。那么投降呢？他想起了老师左光斗，决定死守扬州。

可谁不怕死？手下将领欲挟持他献城出降，他仁慈地宽恕了。桐华以为他今日放得叛将，明日便开得城门，失望地要回南京。史可法托她带去写好的遗书和遗表，表明自己城亡与亡、愿葬骸骨梅花岭上的决心。桐华又不走了。

多铎孤身入城劝降，史可法引他到城楼眺望扬州美景，再带他看向城北："高邮湖占尽了天时地利，与平原相比拟是湖高城低。有心制敌出奇计，一泻千里决湖堤。春潮巧借天公力，以弱胜强如卷席。"多铎看了个冷汗淋漓。

然而史可法并不打算这样做。全祖望《鲒埼亭集外编卷三十·题史阁部传》中载："礼贤馆征士请决高邮湖以灌大军，史阁部曰'民为贵，社稷次之'，其仁人之言乎。"

史可法让桐华离开，说天下有必死之人，有不必死之人，红粉佳人，不要枉死征战之地。

桐华说："姹紫嫣红，生虽可欢。震天撼地，死亦可喜。"

他不知道自己一直是她的精神标杆，她要跟随他的脚步，并用一曲琵琶为他壮行。

一场血战过后，史可法被擒于多铎面前。多铎却不想杀他，温言款语、苦口婆心地相劝。史可法平心静气回想自己的人生。他想到妻子、母亲与恩师，依然决意要守城。多铎大笑，扬州城破，满目皆是瓦砾齑粉。守城，请问城在哪里？史可法道问得好，二十年前，同样的问题，我问过我的老师。他以掌击心，砰然有声。

如今你该知道城在哪里。

史可法以掌击心，多铎亦以掌击心，在砰然声响中领悟："子曰成仁，孟曰取义。此不破之城也。"

记得方苞《左忠毅公逸事》里有史可法说左光斗"吾师肺肝，皆铁石所铸造"语，这篇高中时学的文言文，我一直印象颇深。

当左光斗面对魏阉猖獗、身陷囹圄、旦夕且死时，他心中的道义依然不破，而受他言传身教的史可法，困于孤危，对着数十倍于己的清军和威力强大的火炮，扬州城破殒身家国之际，他心中的信仰也没有破灭。

舞台大幕落下，我沉浸在思考中。该戏立意不算新颖，也并非每个人都会遇到这样的历史时刻，做一个所谓英雄的抉择。

我们活在幸福的年代，平凡普通、籍籍无名，可有多少人没有力量悬殊、斗之无异以卵击石的强敌呢？

现实中的挫折、坎坷和磨难，与生俱来的宿命，你最大的敌人往往就是你自己，是你竭尽所能都战胜不了的冥冥中的早有安排。时也，运也，命也，非吾之所能也。

但如果在这一条必败之路上，你的心中也有那么一座"不破之城"，于通往终点的过程里坚定坚持、无畏无惧、拼搏奋斗、永不言弃，那便虽败犹荣。你终可以没有遗憾地说，这浩瀚宇宙、大千世界，我来过，没有白白来过。更何况，没有什么不可能。

历史剧不是历史，舞台人物不是历史人物，而源于历史、来自生活、再经创作雕琢的文学形象，更能使我与之共情。我依然要说，这就是戏曲的魅力。文学，是人类在困境中寻到的慰藉和勇于前行的动力。

原先没怎么看过扬剧，忽然发现扬剧也蛮好听。

只是练笔

——《玄武风云》创作札记

最早知道玄武门之变，是在 20 世纪 80 年代李祥春、焦晃主演的电视连续剧《秦王李世民》中，那时我还是个学龄前儿童吧。印象最深的是带有京昆韵味的主题歌曲"大河东流去，千古尽淘沙。载舟亦覆舟，兴亡几人察"，剧终时李世民身着红色皇帝朝服，昂首阔步从容走过御道的镜头，以及李祥春老师的秦王真是又帅又有气质啊。

初中时听张雪麟、张碧华的长篇弹词《玄武门之变》，复被深深吸引。后来看的一些影视作品中，秦王李世民也大多是正义英勇的象征，弑兄弑弟，实在是被逼到绝路的迫不得已。

历史由胜利者书写，也果然是"任人打扮的小姑娘"。虽说公道自在人心，但人心不见得了解真相。在这一场国家最高权力的争夺中，李建成其实并非那么不堪，李世民也并非那么无奈。从他对自己十个亲侄子的斩草除根，事后噩梦连宵需手下大将持兵器守卫门前，便可见一斑。

玄武门之变，犹如"神仙打架"，老百姓最多听个热闹。其中的历史人物，我似乎一个都不喜欢。

那为什么还要写《玄武风云》呢？答案是——

只是练笔。

我从小喜欢戏曲，一度想考"上戏"。可据说考这学校多半是奔着当演员去，极少有要当戏曲编剧的。后来我虽学了中文，却总觉是读了个假的中文系，其间亦没什么戏曲编剧课。当然，主要是自己不努力，若四年里好好读一读，嗯，估计也读不出啥结果。文学即人学，没些人生经历，怎么搞得好文学？更不要说进行文学创作了。

但我还是无师自通地写了第一个戏曲剧本《汴京遗梦》，看这名字你大概能猜到我写的是柳永。我大刀阔斧"唰唰唰"写了一个周末，后来除了佩服彼时的才思敏捷，其余的……反正我自己也不想看。唉，扯远了，说回来就是我不专业，又热血难凉，一腔孤勇地走在写戏曲剧本的道路上。

我于是开始自学，让自己变得专业。但书店里关于戏曲剧本和剧本创作的书并不多，网上也只有些影印本，字太小，看得人眼瞎。我独自摸索了一阵，便开始练笔。一个是根据自己的第一本小说改编，一个就是《玄武风云》。

练笔练什么？无外乎结构框架、情节人物和唱词撰写。

怎样用两三个小时，把历史事件及事件中的人物生动具体、血肉丰满地展现，在开端、发展、高潮、结局的过程里，推动情节，突显矛盾，让观者"沉"入其内，久久回味，这是一出戏的魅力。

虽然我不喜欢玄武门之变中的历史人物，但如果剧作者对自己剧中的主人公都不欣赏，那是没办法投入情感的。所以，《玄武风云》里的李世民，我依然赋予他"伟光正"的形象，赋予他真挚丰富的内心感受。在故事情节的推进中，他有委屈，有无奈，有痛苦，有对家国的热忱，有对亲情的珍视，有对爱情的渴望。我想一个成功人物形象的塑造，便是你想起他，他的音容笑貌、悲愁喜乐，就都在你眼前。

至于唱词，我认为是戏曲最重要的部分，可以推动剧情，展现剧中人物的情感和内心世界，体现戏曲剧本的文学性。它是如诗般凝练的语言，有着强烈的抒情性，又不比诗歌囿于格律的束缚，可以酣畅淋漓地尽抒胸臆。

小时候看戏我就喜欢记唱词，后来发现写唱词更令人畅快，尤其是现实不怎么畅快的时候。寒冬的夜里在尚无空调的室内值班，天色未明的清晨和万家灯火的傍晚，于遥远的上班途中、颠簸的公交车里、拥挤的地铁内，想着那些将要流诸笔端的唱词，一字字、一句句，沉浸其间，有一种专注而飞扬的快乐。

写历史剧要查很多资料，单位有个不错的图书馆，我很喜欢，这是我留恋单位的原因。

这个戏的初稿差不多也写在十年前了，而今重新修改，倒是对第三场李世民被诬告的内容有些感慨。"天命"与"天子之命"，两字之差是可以要人命的。好在李渊找了李世民来对质，李世民自然要为自己辩解，且当突厥三十万大军来袭之际，只有他能率兵出征，抵御强敌。

现实中难免碰到些喜欢无中生有、满嘴跑火车的人，某些

时候你可能连个对质辩解的机会都没有。所以，人还是强大点好，强大了不容易被欺负，被欺负也有能力还回去，别人就不敢再欺负你。

便如李世民，你欺负个试试？

总之，写一出戏、看一出戏，都是件快乐的事，可以产生情感共鸣，可以品味别样人生，可以拓展生命经纬。舞台上的光亮和文字中的热度，使人感觉绚烂而温馨，在颠沛不息的尘世间，照见内心的自由与安宁。

附《玄武风云》节选（第六场）

　　幕后合唱：兄弟反目结怨恨，

　　　　　　　一计未成一计生。

　　　　　　　矛头直指天策府，

　　　　　　　釜底抽薪较输赢。

　　舞台一角，追光灯。李建成与李元吉密谋，脸露狰狞，追光灯暗。

　　舞台另一角，追光灯，内侍宣读圣旨，李世民跪接。

内　侍　　奉天承运，皇帝诏曰：突厥扰边，朕命讨伐。秦王抱恙，宜作休养。着调天策府精兵及尉迟恭、程咬金诸将，随同齐王出征。钦此！

李世民　　臣，领旨。（抬头面露惊疑）

　　追光灯暗。

　　幕后合唱：一道旨，惊雷震，

何去何从难煞人。

天策府群情激愤，

生死存亡亟权衡。

灯亮。天策府，夜。李世民居中坐，长孙无忌、尉迟恭等一班文武排列两旁。

尉迟恭　　叫我跟着齐王去打仗，我是不去的。

程咬金　　我老程也不去。

尉迟恭　　唉，不晓得陛下给灌了什么迷魂汤，竟然要调天策府的兵马。

程咬金　　太子和齐王准又没安好心，不如让我老程的三板斧解决他们拉倒。

尉迟恭　　对，天下就让我们秦王来坐。

李世民　　胡说！（站起）太子、齐王乃本王手足，休要胡言乱语。

程咬金　　（讪讪地）好，胡说胡说。

尉迟恭　　（小声嘀咕）手足是手足，就是请你喝毒酒的手足。

李世民　　（气结）你……

长孙无忌　（拉开程咬金、尉迟恭）殿下，两位将军心直口快，但所说也不无道理。征调天策府精兵诸将，事关生死，不可不防。

李世民正犹豫，家将持信上。

家　将　　禀殿下，有人送来书信一封。（呈上书信）

李世民　　（接信看，诧异自语）东宫王晊……

长孙无忌　（猛想起）此人好像是房玄龄先生的挚友，殿下快看看信中写了什么。

　　　　　李世民拆信看，脸色转变，拿信的手微微颤抖，众人焦急关注。

长孙无忌　（对李世民）信上写了什么？

　　　　　李世民无语，把信交给长孙无忌。

长孙无忌　（看信，脸色骤变，边看边念）太子齐王合谋，欲借出师突厥之际，邀秦王践行昆明池，伏兵击杀。天策府诸将亦悉数坑杀……

　　　　　众人听闻群情激愤。

尉迟恭　　什么？要活埋老子？老子先宰了他！

程咬金　　你们看，你们看，都杀到我们头上了，还不让我老程拿三板斧解决了他们。

李世民　　（心痛欲碎，喝止）住口，谁再说一个杀字，我先斩了他！

程咬金　　好，你们兄弟都要杀我们！

　　　　　李世民难过得说不出话。

长孙无忌　殿下，岂能坐以待毙，而今之计要速下决断。

李世民　　如何决断？

长孙无忌　（握拳，目光坚定）先下手为强，剪除太子与齐王。

李世民　　（四目相对，震惊地）不，不可以！

长孙无忌　太子、齐王已然对天策府磨刀霍霍，殿下你再不决断，后果不堪设想。

众　人　　动手吧，殿下，我们动手吧……

李世民　　（一片恳求声中不知如何是好）

　　　　　（唱）　一纸书击起冲天浪，

　　　　　　　　　似利剑刺透我胸膛。

　　　　　　　　　同胞手足竟相害，

　　　　　　　　　几次三番狠心肠。

　　　　　　　　　眼中无泪意彷徨，

　　　　　　　　　心头泪下数千行。

　　　　　　　　　天策府熊熊怒火高万丈，

　　　　　　　　　何人为我指迷航。

李世民　　（心乱如麻，猛省起）房先生，杜先生……若他们在此，定能为我指点迷津。

长孙无忌　（上前）殿下可要见一见他们？

李世民　　（叹气）可惜他们不在此地。

长孙无忌　我已经将两位先生请回来了。

李世民　　没有陛下准许，你……

长孙无忌　事急从权，殿下见是不见？

李世民　　（思考片刻）好，快请。

　　　　　长孙无忌示意家将，家将领命下。

　　　　　房玄龄、杜如晦着道袍上。

房玄龄　　（唱）　着道袍乔装重回天策府生死何顾。

杜如晦　　（唱）　愿秦王当机立断乾坤掌祸弭于无。

房玄龄

（同声）参见殿下。

杜如晦

李世民　　两位先生无须多礼。

长孙无忌　（把信给房玄龄）房先生，这是东宫王晊送来的密信。

房玄龄　　（接信看，看完递给杜如晦，对李世民）殿下意下如
　　　　　何？

李世民　　还请先生赐教。

房玄龄　　（与杜如晦对视一眼）先下手为强，剪除太子、齐王。

李世民　　不！（一口否决，痛苦地）骨肉相残，悖逆人伦，
　　　　　古今之大不幸也。

房玄龄　　殿下……

　　　　　（唱）　太子齐王难容你，

　　　　　　　　殿下还一味顾念手足情。

　　　　　　　　东宫宴上一杯酒，

　　　　　　　　呕血数升命险倾。

　　　　　　　　借口出师军权抢，

　　　　　　　　昆明池上有伏兵。

　　　　　　　　这杀机重重已显露，

　　　　　　　　伊剑拔弩张事必行。

　　　　　　　　殿下你纵然心不忍，

　　　　　　　　想一想天策府中众豪英。

　　　　　　　　想一想出生入死众将士，

　　　　　　　　想一想家国社稷与万民。

良禽总向高枝栖，

人情谁不惜性命。

殿下啊，

深思熟虑速决策，

优柔寡断要大祸临。

杜如晦　　处事有疑，非智也。临难不决，非勇也。殿下……

（唱）　如今是你死我活难两立，

更须得当机立断莫迟疑。

昔日周公平管蔡，

诛的也是亲兄弟。

依然是万民爱戴天下敬，

都只为功在社稷便相宜。

殿下啊，

当断不断反受乱，

事到临头不得已，

倒不如杀他个措手不及解危机。

尉迟恭　　王爷千岁，你不要命，我们还要命呢。你若不先动
　　　　　手，我情愿现在就去做土匪，不陪你等死了。

程咬金　　好，我老程陪你，反正我本来就是土匪。

长孙无忌　两位将军言虽粗俗，却有道理。人情谁不惜死，若
　　　　　坐以待毙，那我，我也跟着两位将军走了。

房玄龄

（同声）那我们也走了。

杜如晦	
程咬金	好，大家都去做土匪。
李世民	（不可置信地）你们，你们……真的要离我而去吗？
长孙无忌	东宫有长林军，齐王有王府兵，一旦他们率先发难，天策府焉能保全？求殿下也为我小妹想一想！（跪）
尉迟恭	我尉迟恭从不求人，今天求秦王殿下当机立断，不要再犹豫了！（跪）
程咬金	还有我老程，只要秦王你一声令下，我愿为天策府粉身碎骨、肝脑涂地！（跪）
房玄龄	殿下！（跪）
杜如晦	殿下！（跪）
	众人俱跪，李世民不知所措。
李世民	（思虑再三，痛下决心）也罢，是该如何先发制人？
	众人相视，欣喜站起。
房玄龄	伏兵玄武门。
李世民	玄武门？
房玄龄	玄武门守将常何是东宫太子的人，太子、齐王入皇宫必走玄武门，且有失防备。我们策反常何，伏兵玄武门，一举定乾坤。
李世民	策反常何，伏兵玄武门，一举定乾坤？
房玄龄	对。
	众人点头附和
	灯渐暗。

到苦处休言苦极

——说说《徐渭》

以个人的喜好，我绝不会写徐渭。虽然他才华横溢，诗、书、画、文、戏曲无所不精，堪称大家，能文能武，兵书也写得头头是道。之所以写徐渭，是听说吴老师想演他。于是我便开始收集徐渭的资料，读他的诗词，看他的书画，研究他的传记和戏曲集，熬了几个晚上，写了初稿，巴巴地给送了去。

严寒的天气里，我还去了趟青藤书屋，在陌生的马路上来来回回四处问询，找那条怎么也找不到的前观巷大乘弄。冬日萧瑟的午后，我独自徘徊于那有着卵石小径、数丛翠竹、几棵芭蕉、一方池水、一口古井、一株虬曲青藤、两间木格花窗的明代旧居的寂静小院。

我当然知道这是自己的一厢情愿，因此即使吴老师演了《青藤狂歌》，我仍在琢磨着《徐渭》，并把这些写进了我的某部长篇，以及创作了短篇小说《何弦有音》，发表在静安区作家协会的《静·安》文学杂志上。

最初的剧本，我以青藤象征和徐渭的《题墨葡萄诗》作结。我觉得关于徐渭的戏，可能十个作者八个会这样写，所以就没

新意。我一直想改一下结尾，又不知道怎么去改。

徐渭这个人，命是真不好，一生七年牢狱磨折，八回乡试不举，九次自杀未遂，晚年贫困潦倒，孤独寂寞地离世，死时床上连一条被褥都没有。

他大概也觉得自己命苦，说过"苦无尽头，到苦处休言苦极"这样的话，还给自己编了《畸谱》。

自然众生皆苦，但徐渭苦得"出类拔萃"。我有时候想，他怎么就那么苦呢，一个人要是遇上这样的命可怎么办。

命运的暗自铺排，对人是一种绝对的碾压。所以我觉得从某种程度上说，人最终都是孤独和悲剧性的。面对无法自控的命运，要么乞求垂怜，要么躺平和解，爱咋咋地。抗衡，简直叫人绝望。

可有时候我又想，像徐渭这样苦之深重的人，或许是身负着某些特别的使命的。他们历过的种种苦难，实际是一枚枚路标，指引其无可避免地踏上宿命之道。徐渭的人生中但有顺遂，都不会成就他留于现世的文化艺术大师的模样吧。

命运当前，人和蝼蚁也没什么区别，而徐渭这样的人，在与命运无望的抗争中，哪怕被泯灭了肉体，泯灭了思想，依然有其存在的方式。那么，他苦难的人生，能不能给同样生而为人的我们一些积极的意义？

前不久，我改了剧本的结尾。虽然徐渭依然于破屋中年老贫病、寂寞孤独地死去，但最后的时刻，我想让他看到曾在东南沿海抗倭之际所见的那片星辰大海。我想让他立于航船，放

眼星子闪烁布满苍穹，滚滚海浪冯虚御风，无边无际自由畅快。我想让他身处至暗、心有光明，困于方丈、神游万里。面对不可抗的命运和他畸形的人生，即使不能赢一次，也可以打个平手。

戏曲和诗词，是我的文学启蒙。《何弦有音》里，白殷殷执着自己的梦想直到成功，而我改完《徐渭》，大抵是不会再写戏了。

附《徐渭》节选（尾声）

> 夜，风萧萧，吹灭屋中烛火。徐渭独卧床榻，弥留之际。

徐　渭　（唱）月隐星沉更漏静，

　　　　　　风吹烛灭一室漆。

　　　　　　油尽灯枯当此夜，

　　　　　　无人相顾复相依。（起身，舞台场景转换）

　　　　　　蒙眬恍惚魂出窍，

　　　　　　耳边何来涛声急。

　　　　　　睁眼陡见深蓝色，

　　　　　　不辨南北与东西。

徐　渭　（放眼瞭望，欣喜地）这是海，大海，是当年抗击倭寇的那片海疆。（低头看，不可置信地）这是船，战船，是昔日冲波击浪、坚不可摧的艨艟巨舰。

　　　　（唱）稳当当船头仁立，

    风徐徐肺腑如洗。

    冯虚驰骋多肆意,

    海天无垠任飘移。

    似鲲鹏扶摇直上九万里,

    一霎时银河灿烂触手及。

   舞台旋转,星辰满布。徐渭手舞足蹈,恣意遨游。

   画外音突起:你是谁?从哪来,往哪去?

徐 渭 (笑)我是谁?(本能地)我是徐渭。

   画外音:徐渭是谁?

徐 渭 徐渭就是我呀……(愣住)

   画外音反复:你是谁,徐渭是谁,从哪来,往哪去?

徐 渭 (沉浸思索,忽有奇想)

    (唱)寰宇广阔无边际,

    天外有天仙人居。

    仙人无事闲落子,

    莫是我辈身作棋。

    一步步不由己,

    悲欢无常徒痴迷。(回想一生)

    命运碾压如蝼蚁,

    回首看冷汗热泪俱淋漓。

    恒战恒败绩,

    枉自费迟疑。

徐 渭 天道无常,世事如棋,冥冥之中,早有安排,斗不过,

争不过也。（摇头，痛苦中忽有所悟）

（唱）我是谁，谁是我，

　　　叹什么一世坎坷运命畸。

　　　困方丈身在至暗心明亮，

　　　神驰千里亦可期。

　　　荣辱生死皆平静，

　　　任他高下若云泥。

　　　败犹胜死犹生不坠青云志，

　　　便与它棋逢对手势均力敌。

　　舞台前垂徐渭《畸谱》，徐渭挽住，走向舞台深处。

闲暇行

春日的江南，总叫人有百看不厌的欢喜。

时光恍惚重叠在了千年前的某个黄昏，也是这般寂寂关城、茫茫雪山、灿灿晚霞，一片苍茫辽阔的景象。

坚守的力量

那天得了两张越剧《藏书之家》的票子，便和同事一起跑去"东艺"。本是抱着随意欣赏的态度，不想却被震撼其中。

于是在一个春日，我俩又巴巴地跑去了天一阁。

天一阁在宁波市里，月湖之西。从西南门买票进入，过状元厅、云在楼，豁然处花红柳绿、亭台水榭、曲院回廊，一个典型的江南私家园林展现眼前。我们在"袅晴丝吹来闲庭院，摇漾春如线"的园林里徘徊流连，参观了司马第、东明草堂、范氏故居和各个展厅，终于来到其核心建筑宝书楼前。

硬山重檐的二层楼阁坐北朝南、静谧古朴，白底黑字的"天一阁"匾额高悬门上，两边有柱联"人间庋阁足千古，天下藏书此一家"。阁前一池碧水，池边堆山造坡，坡上小亭相对，周遭绿树参天。

明媚的春日，耳边鸟鸣婉转。那时楼前恰无其他游客，只有我们两个在这一处幽静里心潮澎湃。

这就是天一阁，百年的藏书楼啊，它依然静静矗立在这江南园林的一隅。

"尝叹读书难，藏书尤难，藏之久而不散，则难之难矣"，

我的名字

是黄宗羲《天一阁藏书记》开头的句子，也是这篇记的主旨所在。天一阁近乎文化奇迹存在的背后，是中华文人执着坚守的力量。

明代官俸微薄，天一阁的创建人范钦虽官至兵部右侍郎，藏书开支仍捉襟见肘。于是除了收书，范钦更大量抄书。初春、暮秋，炎夏、寒冬，我能想见他官事之余在昏黄烛火下奋笔疾书的样子。一个深受中华文化教诲濡养、又想把所学传承下去的书生文人，执着于自己的理想。

他一本本地收集，一部部地抄录，终于有了颇具规模的藏书。积攒的银两换来一座心仪的藏书楼，但在那以烛火油灯照明的年代，纸制的书籍、木制的书楼，随时都可能因一个意外或闪失而灰飞烟灭。例如丰坊的万卷楼和钱谦益的绛云楼。

范钦把自己的藏书楼定名为"天一阁"，底下六间分隔，楼上统为一室，取"天一生水，地六成之"意。阁前引月湖水入池，既增景致，复备火警。他将天一阁独立于生活区外，两边建起防火隔离的备弄，并立下烟酒不登楼的规矩。

天灾人祸其实无从预计，又不得不叫人细细考量，步步为营。就这般防火防霉、防偷防盗、防虫防鼠，"代不分书，书不出阁"，世代相守。

没有人清楚几百年的岁月里，关于这藏书楼发生过多少长歌当哭、令人唏嘘的往事。战争的烽火无法阻隔，朝代的更替不能阻挡，辗转困顿，千金散尽，为存书万卷，范家十几代人在百年的风雨中举步维艰。逼到绝境，放弃不甘，坚守太难，

挣扎煎熬，依然要秉持初心。

坐于假山亭，清风入怀。看着眼前的藏书楼，想起《藏书之家》里范容的那段唱，忽然便有要落泪的感觉："藏书人一跪求书双泪流，尘埃定万般滋味涌心头。天一阁历尽艰辛藏珍卷，多少代穷经皓首护书楼。百年来父子传承寂寞中，百年来儿孙陋巷清贫守。百年来天地正气在心胸，百年来千秋文脉不绝缕。谁曾想万般劳楚尚不足，今日里膝下黄金把书求……"

天一阁曾因清修《四库全书》应诏献书六百多种，受到乾隆帝的嘉奖。乾隆下旨仿天一阁建"南北七阁"以藏《四库全书》，愈使其声名显耀。

但更多时候，这百年的楼阁和园林沉寂于静默的荒凉。只是这荒凉里存着天地正气，透着熠熠光芒，绵延着中华的千秋文脉。

我曾琢磨这文脉究竟为何物，能叫中国历朝历代的文人坚韧不拔、执着相守。但我又觉得它其实并不只属于中国的文人。那些历史和文化，是个人的情怀、国家的境界、民族的精神，是一盏荧荧的灯火，是一条不灭的线索，是整个中华民族的定海神针。哪怕在最艰难困苦的时刻，也能让我们踏稳脚步，寻着光明，栉风沐雨，砥砺前行。《藏书之家》中说："大道不亡，书魂不灭。"如果非要排个先后因果，我以为是书魂不灭，大道不亡。斯文不断，华夏不衰。

历史文化在，泱泱中国在，中华民族就在。

东明草堂的书屋里，我看见阳光透过窗前的帘子照到满是

书籍的架子上。书桌上放着两本书，桌前椅后的墙上悬书画对联。联曰："养十年豪气，读万卷诗书。"

我望着那空落落的红木椅，想象着范钦和他的子孙读书抄书的样子，在这缕缕阳光里，也在那晦明不定的烛火中。

总有那么些人，他们坚守着物质以外的东西，传承着人类可贵精神和历史文化的厚重，哪怕自己步履艰难，也要让这一抹亮色穿透时空，照耀后来者的前途。

天一阁，已不仅仅是一座藏书楼。百年演绎下，它已成一座名为"坚守"的丰碑，贵重厚实、意义重大。

余秋雨在《风雨天一阁》的最后说："我们的文学艺术家什么时候能把他们的目光投向这种苍老的屋宇和庭园呢？什么时候能把范氏家族和其他许多家族数百年来的灵魂史袒示给现代世界呢？"我想，《藏书之家》应该是个很好的例子。

"天一阁，天一阁，为你痴情为你歌……"

我沉醉于幻化多彩的舞台，也沉醉于江南春日的园林和园林里的百年藏书楼。

当天晚上，宁波逸夫剧院还有绍百的《穆桂英挂帅》。出了天一阁，我和同事有幸赶去看了演出前的走台，然后拿了戏票去请演员签名。

我看着龙飞凤舞的签名，把戏票重新递回，说："吴老师，再给我写两个字吧。"

"好啊，你要写什么？"她问。

我说："坚守，就写'坚守'两个字。"

她想了想，似乎会意，在戏票上一笔一画认认真真地写好。

晚上，我们坐在剧院第一排的中间位置，再次享受着戏曲带给我们的美好和欢愉。一场大戏结束已过十点，演员谢幕后剧团工作人员麻利拆台，他们还要连夜驱车赶回绍兴。

这些执着于传统戏曲文化的工作者，始终坚守于这方舞台，哪怕艰辛，哪怕清贫。

清贫不失志，肝胆照先贤。薪火相续，无穷匮也。

愿身为中华儿女的我们，都能为中华坚守一份执着，关乎文化、关乎理想、关于道德、关乎信仰……

这一天的宁波游，很是超值。

春日的江南，总叫人有百看不厌的欢喜。

丹心一片共流光

墙内梅花岭上香，门前春水接横塘。

朝来啼鸟催桃李，暮至飞霞散霓裳。

毅魄几分同日月，丹心一片共流光。

如今赏尽维扬景，谁忆当年雨雪霜。

——《题扬州史公祠》

烟花三月下扬州，瘦西湖内外人流如织，车也没处停，于是改变计划先去史公祠。

将车子停在一条小马路上往回走，不一会儿就到了史可法纪念馆。纪念馆的大门对着古城河，门前街道上行人三三两两。

相比瘦西湖，这里幽静得太多。

中学时读全祖望的《梅花岭记》和方苞的《左忠毅公逸事》，对史可法总怀着一种崇敬。这次扬州行，便想寻一寻全祖望笔下的那个梅花岭，拜谒史可法的衣冠冢。

走进史公祠，迎面是飨堂。粗壮的古银杏浓荫参天，堂前的柱子上是清人所撰的名联："数点梅花亡国泪，二分明月故臣心。"堂中有史可法身着官服坐像和"气壮山河"横匾。

飨堂后就是史可法墓，墓前放有鲜花，墓碑上镌刻"明督师兵部尚书兼东阁大学士史公可法之墓"。《梅花岭记》中史可法遗言死后"当葬梅花岭上"，义子史德威"求公之骨不可得，乃以衣冠葬之"。这是史可法的衣冠冢，长满青草的封土下并无骸骨，却叫人于凛然而悲中更生敬意。

　　在墓前静静站立，默默冥想，恭敬地鞠了三个躬。往后穿过月洞门，便是梅花岭。梅花岭并不高，据说是扬州太守吴秀疏浚古城河堆积淤泥所成，因其上遍植梅花得名。

　　蜿蜒曲折，拾级而行，须臾就到岭上。四月的梅花岭已不能觅梅花怒放的踪影，晴日清风，褐枝翠叶摇曳。空气里有一种草木的香气，闭上眼，感受时空回溯的光影，想象昔日泣血誓师的悲壮。

　　其实无从想象，四百年白云苍狗，变换人间。全祖望在《梅花岭记》中写："百年而后，予登岭上，与客述忠烈遗言，无不泪下如雨，想见当日围城光景，此即忠烈之面目宛然可遇。"而又过数百年后的我们，登岭所见，大多只是山石草木的玲珑生姿和园林亭阁的悠然闲适。

　　下梅花岭，往北到晴雪轩。李后主有词句"砌下落梅如雪乱，拂了一身还满"，不知这轩名是否应着门前那百年的梅树而来。轩门悬对联："殉社稷，只江北孤城剩水残山，尚留得风中劲草；葬衣冠，有淮南抔土冰心铁骨，好伴取岭上梅花。"门前抱柱联云："一死报朝廷，求高帝列皇，鉴亡国孤臣恨事；三忠扶天纪，与戴山漳浦，为有明结局完人。"

　　时穷节乃见，想这世上被称"完人"的能有几个？史可法的民族气节和爱国精神令人感动，但对他的评价也有不同的声音。

　　批评者认为史可法身当重任，却没有长远的战略眼光和正确果断的决策，"联虏平寇"作壁上观，以致清军各个击破，消灭李自成的大顺军后长驱直入，挥师南下如入无人之境。彼时，崇祯帝虽已在煤山自缢，但尚有南明。南明拥有的军队数量并不少于刚刚入关立足未稳的清军，多尔衮也曾言"何言一统，但得尺则尺，得寸则寸耳"。南明完全有机会如东晋、南宋般与满清划江而治，甚至中流击楫卷土重来，而身为督师、兵部尚书、大学士的史可法却没能力挽狂澜匡扶社稷，甚至连一道像样的防患未然抵御清兵南下的军事防线也没筑起。扬州被围，孤立无援，失败是不可逆转的结局。如果干脆开城投降，说不定也不会死那么多军民。

　　时移策异，多铎毫不留情地杀了不肯投降为之"收拾江南"的史可法，乾隆则"褒慰忠魂"，为史可法修墓建祠大力旌表。历史车轮滚滚而过，烟尘处，障目迷离。

　　有时候，我纠结于"扬州十日"的惨痛、数十万生灵的屠戮，是否缘于那"城亡与亡"的决然相搏，疑惑满心敬仰的忠臣节士，是否做了其实并不正确的抉择。

　　晴雪轩中，我渐渐理清了思路。

　　晴雪轩，又名"遗墨厅"，因陈列史可法遗书和其书法作品得名。在轩中细细观览，史可法的正楷秀雅端庄，行草气韵流畅，皆非凡笔。从所书内容看，史可法是中国儒家文化的优秀继承者。难怪《左忠毅公逸事》里左光斗初见之便"解貂覆生，为掩户""呈卷，即面署第一"。

大厅中央，高大的玻璃橱柜中摆放着史可法撰写的巨幅对联："琴书游戏六千里，诗酒清狂四十年。"词句豪迈不羁，笔法酣畅淋漓，令人驻足仰观。这大概是出身贫寒、由进士官至宰辅的史可法憧憬向往的生活，但彼时却是只能艳羡的奢侈。多数时候，他更像闷头耕地、吃苦耐劳的老黄牛，在气数将尽的王朝末年步履蹒跚、负重而行。

史可法是明代官员里少有的清廉者和身先士卒的将领。《明史·史可法传》中说他"为督师，行不张盖，食不重味，夏不簟，冬不裘，寝不解衣""军行，士不饱不先食，未授衣不先御"。他勤于国事，年过四十无子，其妻欲为其纳妾，他长叹："王事方殷，敢为儿女计乎。"他不利用职权中饱私囊，家中拮据时甚至要求妻子变卖首饰。这样的一品大员，有明一代我还能想到的，大概只有于谦。

读书的时候学《左忠毅公逸事》，对方苞描写左光斗狱中的文句，总因其过于惨烈而不愿细读，对于用来衬托左光斗的史可法则印象深刻。那个寄居古寺"文方成草，伏案而卧"的书生，那个身先士卒"与下均劳苦"的将领，那个时刻谨记恩师教诲"上恐负朝廷，下恐愧吾师"的身体力行者。"奉檄守御，每有警，辄数月不就寝，使壮士更休，而自坐幄幕外。择健卒十人，令二人蹲踞而背倚之，漏鼓移，则番代。每寒夜起立，振衣裳，甲上冰霜迸落，铿然有声。"能不为之动容？

腐朽的明王朝无可救药地走向灭亡。史可法誓师勤王，未到京城，崇祯已身死社稷。他以"七不可"反对拥立福王，偏偏敌不过马世英、阮大成的结党弄权。江北四镇军阀割据，左良玉"清君侧"兵进南京。他受尽排挤，还要各处调停。兵饷不继、奸佞掣肘、内斗频起，他痛哭流涕"中原不可为矣"，却连夜奔驰，义无反顾地一头扎进强敌当前、绝无后援的扬州城里。

文人出身的史可法或许没有卓越的军事才能，可彼时的南明朝又有几人如他般鞠躬尽瘁死而后已。"万事不如杯在手，一年几见月当头"是弘光帝的信仰，在那一干君臣及时行乐的醉生梦死里，他竭尽了自己最大的努力。他不是神，面对这样的君王和朝廷，即使是神仙也扶不起。叛将李遇春劝他降清时说："公忠义闻华夏，而不见信于朝，死何益也？"真是一语戳到痛处。可是，他依然坚守不降，知其不可为而为之。

在晴雪轩读史可法扬州城破前写给家人的遗书，悲伤中透着冷静，如话家常。他明白他的生命将至终点，也不觉得自己即将选择的有多壮烈，有的只是不能力挽狂澜、扶大厦于将倾的痛苦和愤懑。他在遗书中说："败军之将，不可言勇。负国之臣，不可言忠。"他感叹"宦途一十八年，诸苦备尝""今以死殉，诚不足赎罪"。然而老母在堂、妻子于室，还有一大家族的叔侄兄弟，怎么可能不眷恋，怎么可能不牵挂？他希望母亲不要伤悲，但愿妻子泉下相见，一一嘱托安排，还不忘将愿意为他完成后事的史德威写入宗族家谱。

那封二十一日的遗笔叫人不忍卒读："恭候太太、杨太太、夫人万安。北兵于十八日围扬城，至今尚未攻打。然人心已去，收拾不来。法早晚必死，不知夫人肯随我去否。如此世界，生亦无益，不如早早决断也。太太苦恼，须托四太爷、太（大）爷、三哥大家照管，炤（照）儿好歹随他罢了。书至此，肝肠寸断矣。"

明明白白的绝望，一丝一毫的坚持。死志已决，去意徊徨。血书的墨字，显示凡人真实情怀，却肝胆相照展现非凡的英雄气概。历史的风云际会，将他推上担负国家命运的重要位置。他或许不具备这样的能力，但一片丹心如月皎洁，满腔热血不改其碧。

何忍再多苛责呢？

一代兴亡关气数。即便崇祯帝昼夜勤勉，终于还是和腐败糜烂、积重难返的明王朝一起穷途末路。一个臣子，又如何能在既定的劫数中变幻神奇？在"时局类残棋"的朝代更替中，他们怎么走都是一败涂地。一心一意投降的如洪承畴，保有荣华富贵，却难逃新王朝的《贰臣传》。降而复反如吴三桂，身死族灭、天下共弃。宁死不降便如史可法，用自己的生命陪祭家国的灭亡。

后人点评前人总好似一目了然，全知全能。换自己站在那一刻，不晓得能做成什么样子。每个人都是时代与环境的产物，有自己的原则和立场。当时的史可法，不可能以现代人的眼光看待历史问题，他只能在城破就义之际对多铎说："城亡与亡，

我意已决。即碎尸万段，甘之如饴。但扬城百万生灵，不可杀戮。"

活着还是死亡，投降还是反抗，是艰难的选择。生命的可贵，在自由的呼吸间，也在有正义良善的心灵和澄澈高贵的精神中。虽然有时候，个人的作为在历史面前无异于螳臂当车，但个人精神的存留也能影响历史的发展。

史可法留给我们的，就是这样一种绵延后世、感召深远、难能可贵的精神。

飨堂两边的回廊里有很多名人碑刻，印象深刻的是写于史可法诞生三百六十周年纪念的碑文："率孤军守孤城，临难不苟，宁死不屈。伟大的爱国精神和崇高的民族气节，永远是后人学习的榜样。"面遇强敌，若只为苟全性命，则我中国早不存矣。前辈先贤，就是用这样的精神，汇聚感召着中华儿女众志成城的力量。

史公祠祠堂的墙上挂着"守城将士死战坚不投降"和"扬州百姓同仇敌忾御敌"的图文。读这些文字，止不住心潮翻滚："左都督刘肇基，率所部敢死士400人，杀敌一千多人，全部巷战死；总兵官庄子固，带领部下700人，以'赤心报国'为旗号，全部战死；副将马应魁，书'精忠报国'于背，披白袍杀敌，巷战死；原兵部右侍郎张伯鲸，夺敌兵佩刀自刎而死；扬州知府任民育，衣官服、握官印，端坐堂上，面迎刀刃，家人全部投井自杀。200多名文武官吏壮烈殉难……"

时，扬州人王秀楚，以自己的亲身经历，写下关于清军屠城的《扬州十日记》，字字泣血，读之惊心动魄。关于"扬州十日"清兵是否屠城，如今尚有争议，也有人质疑《扬州十日记》的真伪，质疑当时死难的扬州百姓是否真有八十万之众。

我以为不论真伪，《扬州十日记》最有价值的句子在全文的结尾："后之人幸生太平之世，享无事之乐，不自修省，一味暴殄者，阅此，当警惕焉耳。"

过往已成历史，历史需温故知新。以热血和生命付出的代价，总要沉甸甸装在心里，时刻警醒人们不重蹈覆辙。国家的强大，是人民幸福的保证。落后，势必挨打。唯有奋发图强、团结一心，才能使我们屹立于世界民族之林。即使有虎视眈眈、狼子野心、窥我中华者，又哪里去找可乘之机？

史公祠内还有一处池塘，池上平台依墙筑半亭，名"梅观"。亭有柱联曰："千朵梅花满池水，一弯明月半亭风。"在亭前驻足悄立，听不远处广陵琴馆的古琴声在风中悠扬。

梅花如雪，芳香不染。史公祠里的梅花，让人慎终追远、心驰神往。

亮节孤忠，衣冠千古。丹心一片，共明月流光。

在民族的碰撞融合中，我们何其幸运，生活在这宁静安乐的江南。

华山行

六月去了一趟西安，印象最深的是登华山。

那天天气暴热，足有三十七八摄氏度。由于身体状态欠佳，我的既定方针是缆车到哪儿，人就到哪儿。

中午在山下的饭店吃完饭，又往挎包里塞了牛肉干和猪肉脯，带了水，买了副登山用的手套，抹上防晒霜，整装出发。

自由组合，量力而为。我们一组四人都是女的，一男同事极力邀约同行，大家思之再三放弃，因为他是豪言要爬五个山峰、不会停下脚步等我们的人。

坐上缆车，须臾就到终点。往前走几步就是北峰，乃金庸"华山论剑"之地。我们悠闲地逛过去，见不少人正在那里比画着宝剑拍照。

华山有五座主峰，南峰最高，北峰最低。我心想管它哪个峰，好歹登上一个。潘同学干练、果断，俨然成了我们这一组的领队。时间还早，潘领队决定向苍龙岭进发。

苍龙岭是华山险峻处，每年事故发生率最高。据说韩愈曾在岭上痛哭投书，唯恐自己不能生还。我们先到擦耳崖，再攀"天梯"。居然遇到"小马哥"，以我们这样的登山速度，还

能遇到一个男同事，实属不易。原来他帮扶一老者登山，拖延在后。老者最终放弃往上走，于是我们的队伍在加入了一个女同事后，又加入了唯一的男同事。

苍龙岭，是考验人意志的地方了。台阶窄而陡，不拉着一侧的铁链很难往上爬。因为前面花了太多时间拍照，我们落在了最后。一抬头，看见一批男同事已经返程了（后来听说他们也就爬到苍龙岭）。

我们不管他们，继续向上爬。烈日骄阳，焚心似火。我看着脚下，低头猛爬一通。不能抬头看，否则石阶迢递，我一准儿萌生退意。

高，实在是高；累，实在是累啊。百步无轻担，我恨不得把斜挎的小包丢下山去。后悔自己还在包里装了把伞，这哪里用得上？

一路坚持，一路扶持，到了五云峰。

潘领队没有返程的意思，我们就继续向金锁关进发。

潘领队每次都说"再爬一分钟就到了哦"，让我们充满希望。"小马哥"敦厚可靠，使我们受助良多。于是在爬了无数个一分钟后，终于望见了金锁关。

到了金锁关，大家拍照合影，吹吹山风，看看山景，准备回程。偏偏又想起导游的话——"过了金锁关，爬山已经没感觉了，哪儿都能去"。潘领队毫无退意，最终决定向西峰进发。

我的姑奶奶，是真想累死人啊！

豁出去了，舍命陪君子。更何况，我也想去西峰看看，因

为那个劈山救母的传说，因为"小刘同学"和三圣母的传奇，还有那个等了二十年都没等到下集的美术片。

山阴处，凉风徐来，没有刚才那么热了。看到了将军树，好高好大。我觉得它就是用自由换取了年龄，虽然存活千年，却始终不能迈开一步。无限风光在险峰，这话真不错。峰回路转，忽然满眼开阔。那山那云，有点"荡胸生层云"的味道了。

终于来到三圣母庙前，没有一行人相互鼓励、相互扶持，估计我爬不到这里。

爬上劈山石拍照，握了劈山巨斧。然后，一鼓作气，直上莲花峰（西峰）。

也是近黄昏的时分，莲花峰顶，想起了阿花姐的那段"对月思家"："对月思家思何深，想起了家中意中人。意中人思也深，两地相思思不尽……""小刘同学"的这一段，居然不是唱给三圣母的。

爬到这份上，真是哪儿都能去了。南峰近在咫尺，登临已不成问题。但是潘领队说我们必须返程了，否则赶不上最后一班缆车，真要夜宿华山了。

我一直以为潘领队的登山节奏控制得很好，没有她"循循善诱"，我是登不上西峰的。所以，我相信她的判断。留点遗憾吧，下次再来。

原以为登顶后能好好休息，不想更是马不停蹄，一路飞奔（真的是用跑的）。俺的牛肉干和猪肉脯，于人于己发挥了最大功效。

走了一条常人不走的捷径。有个地方的台阶异常陡峭，我灵机一动，干脆背转身来手脚并用爬着下去（四驱就是稳），大家纷纷效仿。途中"小马哥"不慎扭伤了脚，我们积极救助，遂成所谓"华山门"事件。

人在旅途，身心放松，插科打诨，在所难免，哈哈哈。

赶上缆车下到山脚，和司机讨价还价打的回饭店。最终司机让了步，因为我们真有走回去的打算。华山都上了，平地算什么？

华山都上了，小有成就啊。我没打算登顶，却在坚持又坚持之下攀上了顶峰。很多没登顶的男同事惊诧我们几个女子也能爬上西峰，尤其是弱不禁风的本人。他们对我刮目相看，其实我一直认为自己是棵好苗，没长成大树，是因为我爸妈对我的娇生惯养。

那样的天气，爬山真的很苦很累。以我当时不佳的身体状态，也登上了以险峻著称的西岳华山。

那么，人生道路上，给自己一点新的勇气吧。

游湖州

红李初新翠鸟鸣，

如丝烟柳系舟行。

何堪春满江南路，

但遇诗情不遇卿。

——《春行》

湖州市里我去过莲花庄。

莲花庄是元代书画大家赵孟頫的别业，也是一处景致秀丽的江南园林。

赵孟頫是赵匡胤十一世孙，秦王赵德芳嫡系后裔。身为宋室宗亲，他在蒙元统治时代"荣际五朝，名满四海"，深得皇帝宠信。赵孟頫不仅擅书画，诗文、篆刻、音乐上也有很深造诣。他的"赵体"书法影响深远，唐寅的字就基本学他，祝枝山、文徵明等人也多受其影响。

前朝宗室成为异族臣子，赵孟頫虽一生官运亨通，内心终究不免矛盾苦闷。他曾在一首诗中写道："齿豁头童六十三，一生事事总堪惭。唯余笔墨情犹在，留与人间作笑谈。"于是，

140

他将更多的时间和精力赋予心爱的书画，寄情于慰藉他心灵的艺术文化。

赵孟頫有一位同样擅书画诗词的夫人管道升，那首有名的《我侬词》即出自这位江南才女的笔下，写在赵孟頫意欲纳妾之时。如司马相如看见卓文君的《白头吟》，赵孟頫幡然改变，与管道升一夫一妻白首偕老。可见他到底还是性情中人，夫妻间有共同的精神世界何其重要。

去莲花庄的时候正值早春，一湖枯叶残枝却衬得满园春色。池中锦鲤悠闲，树上李花新绽，白色的玉兰和红色的梅花点缀在随风轻扬的嫩绿柳条间。粉墙黛瓦，碑廊回旋，曲桥通往亭榭旁的土坡开满紫色的小花。亭中有匾，上书"白蘋洲"三字，让人想到温庭筠的《望江南》。只是此处既无"白蘋"，也容不下"千帆"。

江南，是一个滋养人性灵的地方。

"莼鲈之思"可以让在京都为官者毅然辞官来归，同为湖州人的赵孟頫夫妇，对于家乡也有着深切的眷恋。从他们互相酬唱的几首《渔父词》中，便能感知一二："身在燕山近帝居，归心日夜忆东吴。斟美酒，鲙新鱼，除却清闲总不如。""人生贵极是王侯，浮利浮名不自由。争得似，一扁舟，弄月吟风归去休。"（管道升）"侬在东南震泽州，烟波日日钓鱼舟。山似翠，酒如油，醉眼看山百自由。"（赵孟頫）

莲花庄免门票，对喜欢书法的人来说更是个好地方，因为里面有很多赵孟頫手迹的石刻，比如著名的《吴兴赋》。

湖州的南太湖和苏锡的太湖有着不同的气质，原始粗犷，少有人工斧凿的痕迹。停车坐在湖堤，看眼前浩渺的湖水和水中摇曳的芦苇，四野无人，三万六千顷水域涤荡心灵。

湖州还有个著名古镇——南浔。

江南古镇往往都是小桥流水、民居商铺，中间再加几处历史人文景观。南浔不外如是，却有自己的特点。我不太喜欢商业味浓、无甚特色且街巷过于逼仄的古镇，南浔则干净自然、景色优美，历史文化和风土人情兼而有之。商业也不过度，如果时间充裕，可以悠闲地逛上一整天。

最著名的景点是小莲庄，据说是南浔"四象"之首刘镛慕赵孟頫莲花庄所建。说实话，除了小一号的荷花池，和莲花庄相去甚远。倒是小莲庄隔壁嘉业藏书楼门前，用姿态各异、玲珑剔透的太湖石围成的池塘叫人惊艳。

不远处传来丝竹管弦声，原来是镇上的居民在唱草台戏。虽然服化道不精致，演员不年轻靓丽，但只要高兴就行。春日安适的午后，唱者陶醉，听者痴迷，大伙儿相聚，又为古镇添了道亮丽的风景。

从小莲庄门口坐手摇船，一路花红柳绿，更富生活气息。屋子建在水上，屋外挂着各家腌制的腊肠和熏肉，叫人不免于想象中垂涎三尺。

沿河步行返回，在"猫的天空之城""小资"了一会儿。这里面还真有只小白猫，时而慵懒闲卧，时而在桌椅间无声穿行，让吃着茶点的客人有额外的惊吓和惊喜。

天色暗下，古镇愈显宁静，一些商铺已关门打烊。南浔的美，美在保留了古镇生活的原生态。

寻了一处较有人气的饭馆临河晚餐。凭栏而坐，栏外是河，对岸枕水房屋的雕花木窗透出橘色的灯光。抬头见疏星一点伴月牙一弯，映着尚且光秃的梧桐树枝，淡远宁静。

暮色苍茫，微风徐来，灯河倒影，流水无声。

一壶热茶，几个小菜。笋片鲜嫩，青菜碧绿，鹌鹑蛋煎成的小荷包蛋模样可人，酱油虾色味俱全，再来碗现包的菜肉大馄饨，边吃边聊，惬意自得。

饭后，在古镇出口一个茶室前庭的摇椅上晃荡片刻，湖州之行画上完美句号。

这个以丝绸和毛笔闻名的江南之地，美丽富庶、民风淳朴，也令人印象深刻。

去无锡

第二次去无锡，除了之前去玩过的鼋头渚，其他地方我都想去逛逛。

周五下班后出发，到了无锡的酒店，吃了碗红汤面，就去了南长街。

南长街是无锡的一条著名老街，旁边还有个南禅寺，始建于梁，是"南朝四百八十寺"中十分有名的江南古刹。

时间太晚，南禅寺的景观灯已经关闭。围着寺庙兜了几圈，终于发现了古运河畔的清名桥历史街区。

入口处有一石牌坊，上写"运河古邑"四个大字。寒冷的深夜，街上的人却不少。门口便是游船售票点，最后一班游船已经结束。有石桥横跨运河之上，我兴冲冲上桥眺望。

泠泠的运河水在夜色中漾着微波向远处延伸，两边粉墙黛瓦，屋檐下挂的红灯笼随风轻摇。灯笼里亮着灯，在河水中倒映出潋滟迷离的光芒，典型的江南风光。冬日的夜晚，没有白天的喧闹，运河、石桥、民居、灯彩，幽静处韵味别开。桥边木牌上书"运河绝版地，江南水弄堂"，京杭大运河从杭州到北京横越江南，沿岸千里，唯此处称"绝版"，想见无锡人

的自豪。

运河两侧的南下塘和南长街风格迥异。前者是一条有着民居和各家老字号的街巷，这个时候巷子里已少有行人。我逛进街口卖香粉的"谢馥春"，店面古色古香，颇有特色。据说这条街还有评弹书场和锡剧表演，可惜来得晚，没赶上。

望不到头的巷子寥落静谧，转身往外，过跨塘桥，步入南长街。

南长街上的游人依然不少，两边酒吧的喧闹声透过门窗传到街上。酒吧里人头攒动，或歌或舞，乐声震天。这运河边上的江南老街，此时俨然是酒吧一条街，充斥着现代商业的强烈气息。夜色下的古运河流水无声，横跨在河上的几座石桥，不知哪一座是有名的清名桥，而河的一侧，众多急需被劲舞摇滚、香烟酒精安抚的灵魂，似穿梭游走于古今时空，彼此并不和谐。

我终于放弃前行回酒店。

第二天清早起床，吃完早餐先去酒店门口的公园逛了逛，然后去无锡博物院。

无锡博物院规模不小，仔细参观至少需要大半天。因为还要去东林书院，所以看得有些潦草，但仍收获良多。从太伯奔吴寿梦称王，到阖闾建城夫差亡国，大致了解了句吴的历史，以及吴越之争、新旧运河、东林书院、惠山陶泥、太湖演化与无锡的关系，看了各类文化文物的展览。

东林书院在无锡市内，去那儿半是瞻仰半是怀旧，因着中

学语文课本里那篇《事事关心》的文章及文章引用的那副名联。

冬日的午后，东林书院蓝底金字的匾额在阳光下泛着微芒，钱伟长所书"此日今还在，当年道果南"的门联挂于大门两边。跨步进门，门厅里有一块木质的"东林旧迹"图。图后豁然开朗，石牌坊高高矗立，东林书院主体建筑呈现眼前。

书院始建于宋，创始人杨时，就是成语"程门立雪"的主人公，嫡传于北宋著名理学家程颢、程颐两兄弟。他南归之时，其师深情赞许："吾道南矣。"书院门联和书院中"道南祠"的名称，即由此而来。

寒冷的天气里，不断有游客三三两两地进来，可见东林书院的名气。"风声雨声读书声声声入耳，家事国事天下事事事关心"，这一则由明代东林领袖顾宪成撰写的对联，经由邓拓的杂文《事事关心》被编入中学课文后，几乎家喻户晓。

书院占地不大，有东林精舍、丽泽堂、依庸堂等几处主要建筑，精致恰似江南园林。假山池塘、轩窗回廊、粉墙黛瓦、绿植石桥，皆透着幽静灵动和历史的书卷气。在书院里徜徉，看着东林学人留下的文句，不觉感慨。比如一块木牌上刻着高攀龙的话："人只是一个真，真便做成大事业。自古大人物做大事业，只是一个老老实实。有一毫假意，便弄巧成拙。"东林学派之所以名人辈出，多是秉承了这一个"真"字吧。

晚上顺便去看扬中的朋友，好客的友人张罗了一桌丰盛的饭菜，饭后盛情相邀去他家小坐。

汽车在一幢楼房前停下，夜色中看不清周围的环境，似是乡间农家别墅，门前还辟了块田地种菜。

开门的是朋友的母亲，热情地带着我们屋前屋后地参观。房子宽敞整洁，收拾得十分干净。最吸引我的是客厅外一个大大的庭院，真是居家休闲的极好所在。院门开启，步入院外小径，迎面是一条静静的小河。月色中幽香扑鼻，原来是自家栽种的几株蜡梅，树高已过人头，满树黄朵似繁星点缀。

我才说花香好闻，拦之不及，朋友已快速掐下两枝。这花长在枝头才是最好，何苦要折下来呢？但主人待客心意不能不领，我于是将这两枝蜡梅千里迢迢携回家中。

我颇羡慕主人有这一栋小楼和一方院落。前门种菜，后门钓鱼，风清月白、梅香沁鼻的日子，真乃世外之乐也。

既然来了扬中，我就想第二日一早过江去对面的扬州看看，然后再赶回上海。

朋友执意挽留："这时候去那里干什么呢？烟花三月下扬州，过两个月再来嘛，到时好好玩玩。"

想想也有道理。

回家后，我将那两枝蜡梅插于清水瓶中，那些干枯了一日紧紧裹在一起的梅苞竟悄悄绽放。花枝在瓶中数月不坏，凑近了闻还有细香一缕，轻触即坠落枝头，原来早成干花一朵。

我没有再去触摸那些黄色的小朵，它们依然挺立在枯枝上，不知何时才会落下。想不到这离了土壤与根基之物，也能应着那"宁可枝头抱香死"的诗句，叫人陡生敬重。

我的名字

人道江南绵软，其实至柔至刚，于此花可见一斑。

明日元宵，已春寒料峭。看着瓶中姿容宛在的江南风物，心中又想起了那个江南之约。

总是要再去江南的，且少安毋躁。

小城山居

　　每年十月，是编委会外出考察的时间。

　　说是考察，其实是主编大人看大家辛苦一年，自掏腰包请我们远游，由他的司机开车带我们在江浙皖一带闲逛两天。这一次去的地方是临安和安吉，周五午饭后出发，周日午饭后回来。

　　临安我没去过，只知道离杭州很近。听说安吉竹子出名，想来是去看竹海之类。不过主编向来喜欢另辟蹊径，我们也就不浪费脑细胞，跟着就行。

　　到了临安已是傍晚时分，安置好住宿，大家到附近的一家酒楼吃饭。规模不大的饭店，菜的味道却很不错。热热闹闹吃了顿晚饭，席间又讨论了编委会的工作。饭后大家回去休息，第二天上午去当地的山货店买了些土特产，然后就直奔安吉。

　　原来到临安只是落个脚。

　　下午我们到了安吉的灵峰寺。灵峰寺始建于南北朝，有一千多年历史，据说和杭州的灵隐寺齐名。寺庙依山而建，我们买了门票进去，走过一段平缓的山路，拐折处便是寺庙的大门，掩映于参天古树之中。门口长长的香炉里轻烟缭绕，一个背着

孩子的男人在那里烧香，大概是来还愿的。一棵千年的银杏，配着寺门顶上"百福并臻"的横匾，叫人还未进寺，便对这历史悠久的古刹生出恭敬肃穆之心。进入寺中，清幽宁静，与香火鼎盛、人头攒动的灵隐寺截然不同。

我们随喜佛殿向后走。后院一角，一僧人正在墙边喂一只灰色的野兔。一间屋子传出众僧唱和的声音，午后的阳光里，长廊空寂。

长廊尽头拾级而上，豁然开朗处一带白墙黑瓦，满地落叶随风，一座殿堂前几竿绿竹飒飒有声。仰首望蓝天白云，俯瞰青石黄叶，暖阳闲静，耳边时来钟磬之声，让人恍惚沉迷于千载轮回的时光。

游览完毕，大家在寺中的亭子里休息片刻，走出寺门，上车向今晚的住宿地进发。

今晚住山里人家，主人是主编亲戚的朋友。到处是成片的翠竹，车子在山路上曲折盘旋，终于在一幢楼房前停下。

二层的楼房在路边开门见山，后面还有几层木屋。清泉从远处的山巅流下，汇成门前汩汩溪流。主人在山路另一边的空地搭了个凉棚，内置花草、石几、石凳，还有一架秋千椅。

我暗叹山里人会享受生活。面山听泉，煮茗闻香，看豢养在笼中的松鼠跳跃吃食，坐在秋千椅中闭目摇晃，微风徐来，空气清新，多么惬意！

主人特意给我们安排了三楼的木屋，木门木窗装饰的房子颇有特色。房内设施齐全，木质的窗棂配上梅花图案的窗玻璃，古色古香。启窗而观，斜阳入室，青山满眼，当真是居住的好地方。

我们先是往楼下的凉棚喝茶、嗑瓜子，闲聊一阵。之后，主人蒸鱼宰鸡，烹肉温酒，炒了新鲜的时蔬，让我们美美地吃了顿晚饭。后悔自己没喝点小酒，那时那地的微醺，一定叫人怀念。大家吃吃喝喝、说说笑笑，风卷残云、杯盘狼藉、心满意足地散席而去。

夜色已深，主人熄了门前树上的灯彩，唯一一处璀璨也归为沉寂。

黑暗中群山隐没。

山里的夜很静，唯有门前山泉愈发铮淙。站在木廊上，山风迎面，吹得人神志清明。

我很少在这样幽静而不知名的山中过夜，仰首苍穹，星光隐隐，独少一轮明月。但小楼、星辉、晚风、流泉，已撩人襟怀欲发"今夕何夕"的感慨。

男主人和朋友乘夜打鱼，上来同主编打了个招呼驾车而去。山居寂寞，我看他却忙得不亦乐乎。

我们一觉睡到阳光透进窗帘的缝隙。

拉开窗帘，满眼生机，阳光将窗子上的梅花照得更加鲜活。打开窗户，清新的空气扑面而来，满是翠竹的山头披着绿色的辉芒，落在窗框里像一幅极好的图画。阳光照在木门上，摸上去感觉暖暖的。打开门，光线倾泻进屋子。不知从何处飞来一

只蝴蝶，一动不动停在门前小憩，孱弱的身影细细长长投射于地。

静里乾坤大，山中日月长。我忽然想到这一句。

我们洗漱下楼，女主人已准备好了早餐。吃完早饭，我复去秋千椅上闲坐片刻，悠然看远山近景在明媚的晨光里展开又一天的鲜活。

这一晚山居给人独特的体验，让我短暂享有了久在城市者不能享有的恬适和静谧。

我喜欢这样山居的日子——风闲桂落，鸟鸣山幽，临泉见山，品茗拥册，听竹涛飒飒，观日出云海。

可若真是久住山间，须有人供我一日三餐，还要有手机、电脑、电视、网络，外加一辆汽车的配置。且一人独处，不免寂寞，三五好友为邻，是为乐事。

这样想，我终究还是一个城里人。

山居小住，"附庸清雅"，浮生一日，浅尝辄止罢了。

0

东钱湖之冬日浅踪

老公的单位在宁波搞团建，他拉着我一起去。

冬日的江南，其实并不适合出游。但他几次和我说那里有个东钱湖怎么怎么好，非要带我去看。

我们提前一晚到达，第二天一早吃了早饭去东钱湖。

我一直以为自己从没去过东钱湖，到了那里，才恍然惊觉这不就是我十几年前来过的地方吗？如果没有记错，纵深处该有个寺庙。果然，就是小普陀。

那年我和妈妈、阿姨们去宁波的姨妈家，宁波姨妈曾带我们来这里游玩。我还记得那次我吃坏肚子，一路难受，病时迷糊，加之年月一久，便把"东钱湖"忘了个干净。记得那是个春天，远比现在的时节适合游玩。

今日宁波突然强降温，东钱湖边风大如卷。没穿羽绒服、没戴围巾和口罩，这就是出门不看天气预报的后果。

我们沿着湖心堤往前走，一侧湖面波涛翻滚，一侧湖面微波粼粼。一湖之中有此奇观，大概就是脚下这条长堤的作用。

我觉得吹在身上的风从四面八方来，即使紧紧挨着老公，还是冷得瑟瑟发抖。沿堤走到小普陀，再从小普陀往回走，一

路游人寥寥。尽管是晴天，可猛烈的寒风使阳光给人稀薄无力的感觉。又到了刚才经过的月波楼，虽然并不想喝茶，但眼前这仅有的避风处，着实有吸引力。

空空荡荡的茶楼装修别致，干净整洁。我们挑了窗边有阳光的位子坐下，唯一的服务员递上一本茶单。老公要了龙井，给我叫了玫瑰花茶。想着刚把家里那一大罐玫瑰喝完，我改了桂花茶，横竖是和花干上了。

晒着阳光吹不着风的地方真好，尤其是这湖边。阳光透过硕大的玻璃窗温暖明媚地照在身上，木质的桌椅和摆放精致的茶具也在阳光里沐浴暖意。四肢舒展，抖落一身风寒，这才有了看风景的闲情逸致。可见当年政治老师说物质第一性一点不差。

月波楼得名于"月临三宝地，波荡万金湖"的诗句，有月的夜晚，这里应是赏月的佳所。此时，几道太阳光束穿透厚厚的云层射到湖上，使得一片浩渺中的某处湖面泛起点点金光，凝视之下愈是光芒闪烁，倒真应了那"万金"之意。从上而下的光束像乍泄到人间的天光，蔚为壮观。抑或是自湖面连接天空的通道，沿着它可以去往另一个世界。

我被这奇特的景象吸引，忙叫对面的人一起看。他淡然道："这就是丁达尔现象。"我顿时兴味索然，脑子里涌现出高中化学课老师做实验的画面。没办法，理工男就是缺乏情趣。服务员端上茶水，还是喝茶吧。

桂花茶挺好看，金黄细小的花蕊密密地铺展开，有些沉在杯底，有些聚在表面，还有些上下悬浮在茶水里。桂花的清香随着热气飘逸而上，入嘴却是略微的苦涩，没有想象中的甘甜。

我端起茶和对面的人干杯，感觉像是喝酒。冬日晴好，湖山在侧，阳光下两个人的茶楼温情荡漾。

东钱湖的水干净透亮，浩渺中透着灵秀。喝了几杯茶，将湖上美景尽收眼底，这才感觉肚子饿了。

午饭就在附近的酒店解决。酒店挺高大上，菜品色香味俱全，价格自然也不菲。宁波汤团名不虚传，软糯适中、甜而不腻，十二个一大碗，被我们全部吃完。

窗外粉色的梅花开得正艳，映着贴在窗玻璃上的大红福字，散发出即将到来的新年的气息。悠闲缓慢的时光令人惬意，边吃边聊边发着微信，直到整个餐厅只剩下我们两个。

冬日的东钱湖好就好在这人烟稀少的空寂与自由，两个人的茶楼，两个人的酒楼，少有的自在安闲。

下午三点，和老公的同事们在天一阁门前会合，拉开了团建的序幕。他们是初游，我却是重访了。这一次走西大门，还请了导游。

午后的天一阁，我看见入门处阳光照在雕花石壁上反射出的灿灿光芒，园子里依然一片葱绿，回廊檐下挂着的红灯笼还是当初鲜艳的模样。

导游极快的语速中，众人快速穿行过这百年楼阁，匆匆而出。我料想他们体会不到那年春日，我在此徜徉了一个下午的快乐和收获。

人间始觉重西湖

咏岳飞

一纸和盟底事来，三更惊梦意徘徊。

中原半壁还漂泊，江左弦歌已盛开。

孝徙精忠承主意，心昭天日尽臣哀。

十年沥血谋河朔，不及君王片刻猜。

咏于谦

书生肝胆慕先贤，只手乾坤日月悬。

一战功成家国在，十分勇聚盛名传。

回鸾塞外勋居伟，夺位宫门势复然。

热血何堪空洒尽，英雄总被自熬煎。

咏张煌言

自毁长城最可愁，江山万里尽兜鍪。

孤忠一缕声名动，抗节廿年沧海游。

可叹兴亡关气数，不言成败是风流。

浩然千古成三杰，西子湖边几度秋。

——《咏西湖三杰》

一

到杭州很多次，每次都要去看西湖。

苏东坡说："杭州之有西湖，如人之有眉目。"又说："欲把西湖比西子，淡妆浓抹总相宜。"白居易则道："未能抛得杭州去，一半勾留是此湖。"

可见，西湖有多美。

历代吟咏西湖之美的诗文不少，我以袁枚的诗为最好的注脚："江山也要伟人扶，神化丹青即画图。赖有岳于双少保，人间始觉重西湖。"

岳飞和于谦，生前俱封少保，死后都埋骨西子湖边，再加一个张煌言，遂成"西湖三杰"。

轻柔的西湖水，承载着历史的厚重。

去于谦祠，是个雨天。

沿着小路走到大门口，抬头见刻着"于忠肃公祠"的门额高挂在上，两边悬楹联："两袖清风昭万世，一轮明月跃三台。"于谦祠亦名"旌功祠"，位于西子湖畔三台山麓，为三进建筑，设前殿、正殿和后殿。

进门，前殿中摆放着的一大块石灰岩映入眼帘。上写前言，概括于谦事迹和于祠简介。两边是于谦世系、生平年表及于谦夫妇画像。前殿和正殿间有于谦治理黄河水患时铸造的"镇河

铁犀"，左右是厢房。

正殿立于谦像，上悬"丹心抗节"黑底金字匾，背后刻其名诗《石灰吟》，两旁是"土木堡之变"和"北京保卫战"的大型浮雕壁画。

后殿为陈列室，介绍于谦生平事迹。看完三进殿，我才发现居然只遇到一个同样来参观的人。

或许因为雨天，可雨天的西湖也游人如织。

回到正殿，门外雨潺潺，青砖铺地的空旷殿堂里泛起阴冷的感觉。复对英雄立像恭敬行礼，抬头看他一脸刚毅，正从容目视远方。

他一向就是如此刚毅从容的吧，所以才配得上这"英雄"的称谓。

土木堡之变，皇帝被俘，文臣武将死伤无数，三大营精锐尽失，北京城惊慌一片。有人主张南迁，于谦挺身而出道："说南迁的人，不如杀了。"

南迁是什么，南迁就是逃跑，南迁就是投降。凡南渡长江的王朝，没有一个再能北返。社稷为重君为轻，不过是没了一个皇帝，再立一个就是。文臣武将没有死绝，帝都尚存，国家还有军队和百姓，拼都不拼一下，怎么就要放弃？

于谦拥立景帝，危难中由兵部侍郎升为兵部尚书，急调两京河南备操军、山东及南京沿海备倭军、江北及北京诸府运粮军，经通州自行负粮入京守卫。他将城外百姓撤进城内，并决议军队全部列阵在城外迎敌。临阵将不顾军先退者，斩其将；

158

军不顾将先退者，后队斩前队。另，违抗军令者格杀勿论，军士不出城作战者格杀勿论，战端即开悉闭诸门，有敢擅放入城者立斩。他亲自披挂上阵，由书生而统帅，督战在直面瓦剌大军的德胜门前。

"北京保卫战"便是在这样的浴血奋战中获得了胜利。于谦保卫了北京，保卫了明朝的半壁江山和众多百姓，其后却被他力迎而回、夺门复辟的英宗以谋逆罪斩杀于市。籍其家，家无余资。

走出正殿，经过碑堂，到了前殿旁的祈梦殿，殿前有楹联"问汝何来欲圆何梦，徇吾所历必应所求"。进殿看只一间不大的屋子，内有于谦画像和一块大石，这大石便是祈梦用的石床。据说于祠祈梦很是灵验，常有读书人前来祈求科举高中。也难怪，于谦十五岁中秀才，二十岁中举人，二十四岁中进士，书读得不是一般的好。

人生谁无梦想，看着墙上挂着的祈梦牌，我忽然想，于谦的梦想又是什么？

他少时苦读，屋中悬挂文天祥的图像，那是他的偶像。他的咏物诗，除了非常有名的《石灰吟》，还有一首《咏煤炭》。我记得后四句："鼎彝元赖生成力，铁石犹存死后心。但愿苍生俱饱暖，不辞辛苦出山林。"

这就是他的梦想吧？他心怀天下苍生，为此，哪怕舍生取义、杀身成仁。

说他居功自大，说他迎立外藩，说他谋逆，说他"虽无显

迹，意有之"，他根本就不屑辩解。辩了也无用，欲加之罪，
何患无辞？这世间的是非黑白，早在他所咏一白一黑之物的两
首诗中了然分明，夫复何言？

　　于谦祠旁是于谦墓。长长的墓道前有一幢横额"热血千秋"
的明式牌坊，上有一联曰："血不曾冷，风孰与高。"于谦曾
叹："此一腔热血，意洒何地。"他勤政廉洁，三十三岁便有
"于青天"之誉。他自奉俭约，所居仅蔽风雨。景帝赐给他一
套西华门的房子，他固辞："国家多难，臣子何敢自安。"他
的《入京诗》中有名句："清风两袖朝天去，免得闾阎话短长。"

　　墓右侧，有于谦诗碑廊。细品其诗，却原来刚强的英雄也
不是没有柔情的。

　　他二十一岁娶夫人董氏，一夫一妻举案齐眉、相敬如宾。
四十八岁时，董氏病逝，遂不再娶，亦不纳妾。他陆续写下十
几首《悼内》诗，每逢时节有祭。比如这二首："房栊寂寞掩
春风，百岁情缘一旦空。世态不离生死内，梦魂多在别离中。
可怜孤馆月华白，犹忆香奁烛影红。老眼昏昏数行泪，客边从
此恨无穷。""缥缈音容何处寻，乱山重叠暮云深。四千里外
还家梦，二十年前结发心。寂寞青灯形对影，萧疏白发泪沾巾。
箧中空有遗书在，把玩不堪成古今。"又如两首《七夕·亡妻
忌辰》："夜静银河冷，天高玉露清。双星缘底事，千古若为
情。""华月窗间过，凉风扇底生。抚时追往事，幽恨不分明。"
思念亡妻的款款深情尽出笔端。她活着的时候，他勤于公务，
夫妻聚少离多。如今"疏广未能辞汉王，孟光先已弃梁鸿""欲

觅音容在何处，九原无路辨西东"，叫他再到何处去寻她呢？人生一梦，转瞬就成古今，阴阳两隔，思来怎不伤情。

他还有个儿子叫于冕，他忙于国事，也时常不能相见。他写过一首给儿子的诗，充满慈父情怀："阿冕今年已十三，耳边垂发绿鬖鬖。好亲灯光研经史，勤向庭闱奉旨甘。衔命年年巡塞北，思亲夜夜梦江南。题诗寄汝非无意，莫负青春取自惭。"（《示冕》）

他是杭州人，有一首写西湖的小诗柔美婉约："涌金门外柳如烟，西子湖头水拍天。玉腕罗裙双荡桨，鸳鸯飞近采莲船。"（《夏日忆西湖》）家乡的山水是如此美丽，若是能日日伴着这样的景致终老，该是很快活惬意的吧。只是做官为民转徙不定，宦海沉浮处处惊心，京城远在千里，塞外风霜苦寒，他亦终有感觉疲累不济之时。家在西湖侧，真想回去啊，却唯有自叹："逢人只说还家好，垂老方知济世难。恋恋西湖旧风月，六桥三塔梦中看。"

他好读书，有《观书》诗句云："书卷多情似故人，晨昏忧乐每相亲。眼前直下三千字，胸次全无一点尘。"

他是英雄，英雄不外柔情。他是书生，书生凛然正气。想起前殿大门高悬着的"百世一人"匾和林则徐题写的"公论久而后定，何处更得此人"联，当真是家国得佑、有臣股肱，苍生得福、有逢青天，湖山得幸、有埋忠骨。

西湖之西，三台山麓，他在此静看尘世繁华、岁月流转。

二

去张苍水祠，是在一个炎夏。

张苍水，就是张煌言，南明兵部尚书，"苍水"乃其号。

他的祠墓在南屏山荔枝峰下，对着西湖边的南山路，离苏堤入口不远，但和游人摩肩接踵的苏堤和南山路相比，却寂静得像另一个世界。

粉墙黛瓦，碧水绕宅，这一进院落、厅堂简朴如江南民居的"张苍水先生祠"掩映在绿树间。祠门不大，静静地开着，其上悬匾，门旁石狮蹲踞。

迈步进门，小院寂然。院中摆放一尊铁炮，两边墙壁挂着几幅碑刻。拾级而上，一间亦不大的厅堂一览无余，上悬"勋名盖代"匾，内有张煌言官服执笏坐像和其生平事迹的图文展示。

厅堂空无一人，跨步而进，脚下青砖如洗。环顾概括张煌言生平事迹的八幅图文和柱联，我的目光落于张煌言坐像上方的三块横匾。左上"碧血支天"，右上"忠烈千秋"，正中"好山色"三个大字，映着门前午后的阳光，熠熠生辉。

"好山色"是张煌言生前的最后一句话，是他面对森然钢刀的临终遗言。

"慷慨赴死易，从容就义难。"世人眼中，这个终年四十五岁的江南读书人，也是真真正正、顶天立地的英雄啊。

是的，英雄。只要你了解他一生所为，都将不吝于他这样的评价。

当然，英雄非一日长成。

张煌言是北宋宰相张知白后裔，父亲官至刑部员外郎。身为世家子弟，二十一岁那年，他还整日扛鼎击剑、游手好闲、喝雉呼卢、昼夜狂赌、擅卖家产，惹得老父暴怒。又迷恋道家黄白之术，运气练功不吃饭，差点就小命呜呼。总之那时舅舅不疼，姥姥不爱，父兄师友皆拒之。有慧眼识才者替他还了赌债，劝其折节读书。他本就聪慧，十六岁轻轻松松考了秀才，二十三岁乡试中举，自此人生如同开挂，再无令人指责之处，一头直奔英雄之路而去。只因两年后清军入关，挥师南下。

真所谓时穷节乃见。

他还没来得及去赴一场会试，半壁江山已经沦亡。清军越长江攻占江南，号令"剃发易服"。二十六岁的他拍案而起，散尽家产，同钱肃乐在宁波城隍庙起义，拥鲁王监国。

他这抗清大旗一举就是十九年，直到自己生命的尽头。其间两遭倾覆、三渡闽海、四入长江，屡败屡起、血泪艰辛、诸苦备尝。彼时大半中国已在满清手中，南明诸王内耗不断，人心离散无法凝聚。不似于谦那时，手上尚有二十多万军队和一个能象征国家正朔的皇帝，江山堪附、民心可依，拼了命打一仗就保全了家国社稷。

黄宗羲在为张煌言撰写的墓志铭中说他是"吹冷焰于灰烬之中，无尺地一民可据"。的确，他率军强盛时，亦不过"人不及万，舟不满百"。他一个读书人，明白知晓天下形势，却"止凭此一线未死之人心，以为鼓荡"，团结所能团结的，利

用所能利用的，居然也能直下府四、州三、县二十四，两次攻到南京城下，震动清廷、名噪江南。

南京城下，郑成功轻敌败军，撤回厦门。合力出兵的张煌言则已无退路，只得焚舟登岸、再谋时机。

他起兵次年，就曾回家与父母妻儿诀别。这一别，终不相见。父死之日，清廷再度招降，他严词拒绝。

国破家何在，忠孝难两全。父死不能葬，不只他一个。清军攻舟山，他与张名振护卫鲁王从海上避至厦门。舟山失陷，守将悉数战亡，张名振弟左都督张名扬、张母及家室全部死节，军民死难几近两万。山温水软的江南，刚强有气节者众多。清将自承："我军南下，江阴、泾县、舟山三城，最不易攻。"

他加兵部左侍郎，又晋兵部尚书兼东阁大学士，只江山不复，无由安享，终一生不蓄一姬一侍。清定京师日久，朝政趋稳。鲁王朱以海病逝金门，再无明室正朔可奉。他遣散了所余部队，结庐海岛，存故国衣冠，终不肯降。

清终顺治一朝未能俘获他，更如芒刺在背、骨鲠在喉，不拔不快。于是颁布"迁海令"，强令沿海居民内迁，并设岗哨，派遣暗探伪装僧人查访。荒岛无可供给，他差人驾船出海，终暴露行迹被俘。

"生比鸿毛犹负国，死留碧血欲支天。"离开故乡被押送杭州时，他拜别父老，写下《甲辰八月辞故里》一诗。快到杭州的时候，他又写了一首《入武林》："国破家亡欲何之，西子湖头有我师。日月双悬于氏墓，乾坤半壁岳家祠。惭将赤手分三席，敢为丹心借一枝。他日素车东浙路，怒涛岂必属鸱夷。"

于谦生于钱塘，南宋定都临安。他不是杭州人，却想和自己心目中的英雄一样，湖山为我留片席。"梦里相逢西子湖，谁知梦醒却模糊。高坟武穆连忠肃，添得新祠一座无。"（《忆西湖》）恋恋西湖，景似画图，若能埋骨于此，此生亦是足矣。

至杭州，浙江总督赵廷臣以礼相待，许高官厚禄，反复劝降。

他只道："父死不能葬，国亡不能救，死有余罪。今日之事，速死而已。"

黄宗羲说他是"千载人物，比之文山，人皆信之"，然而比起文天祥三年在闽广一带抗击元军，他"丙戌航海，甲辰就执，提孤军，虚喝中原而下之，首尾共十有九年，是公之所处为益难矣"。

这十九年，有他作为一个男子最灿烂美好的年华，尽数付诸烽火硝烟。此际，妻儿遇害、家国灭绝，人间于他，已无所留恋。

他在九月初七被害于杭州弼教坊。临刑，口占绝命诗，远眺吴山，从容道一句"好山色"。

煌言死而明亡。时，已是康熙三年。

临近南山路口的一对石虎是他墓道的起点，往前是一座石坊。他的墓道悠长，似走过红尘喧嚣。

他的墓亦在祠的一侧，绿树葱茏里，圆形的墓台上三墓并立。中间的是他，左右为与他一同赴难的参军罗纶、侍童杨冠

闲暇行

玉和一不知名姓的舟子。

附近还有章太炎墓，因慕其行迹，有"生不同辰，死当邻穴"之语。

站在墓前，回首隐约可见西湖。他终于得偿所愿，在这西湖南岸与岳庙遥对，于坟相邻了。

暮色斜阳，南屏钟声悠扬。远眺依是人流熙攘的南山路，刹那觉时空流转，宇宙静寂。

乱世中的困顿生灵，哀呼转徙、颠沛流离、生死如寄，是活在太平盛世的人们不敢想见的模样。但历史又如镜子般让你瞧个分明：若上不爱民，则民不聊生，人心向背，遂失大势。故数万异军，直冲横扫，如入无人之境。若但为私利，无精诚勠力团结之心，则易成散沙，遭革灭殆尽。清军既越长江，南明诸王众臣尚因一己私心内斗频仍，安能不分崩离析，招致速亡？

舟山焦岛、嘉定三屠、江阴八十一日，区区江南，何以义帜高扬、抗争激烈？只一心弥坚，为存故国衣冠发肤根本。

斯文不灭，大道不亡。所以文化这个东西，始终有它的向心凝聚力。

英雄墓前，梵音平和。愿世间再无战乱纷争。

三

去岳王庙，我赶了个清早。

买票进门，迎面便是祭祀岳飞的忠烈祠，正殿门上悬"心昭天日"匾。东西庑分祀部将张宪、牛皋，为烈文侯祠和辅文侯祠。因为来得早，游客还不多。庙内古木参天、鸟鸣婉转，别有清幽。

殿前庭院一角恰有卖花处，上前问询，见清一色黄白菊花三朵一束，用透明塑料纸简单包扎，售价二十五元。这三朵最是普通的小菊花，赶上了岳王庙的门票价，身价着实不菲。遥望殿内供桌摆放俱是这般花束，想来此间循环往复，可有几日无本生意。

持花进殿，见岳帅戎装坐像威武居于正中，上有其手迹"还我河山"的匾额。

鞠躬献花，举目环顾。坐像后为岳飞生平事迹的壁画，左右墙上是明代洪珠所书"尽忠报国"大字，四周高悬"碧血丹心""忠孝千秋""浩气长存""光照后人"诸匾。殿内各柱均有楹联，一一看去，有一联叫人不胜唏嘘。联曰："奈何铁马金戈仅争得偏安局面，至今山光水色犹照见一片丹心。"

出忠烈祠往西北是启忠祠，亦是一正两庑格局，原本是祭祀岳飞父母的场所，现辟为岳飞纪念馆。纪念馆前有一莲池，翠萍浮盖、鱼戏其间。正门"岳飞纪念馆"额下另有"民族之光"金字匾。

民族之光，想中华史上有几人能顶冠如此评价。那时中学历史竞赛前辅导，老师强调林则徐是民族英雄，岳飞不是，因为当年的金已成为现在中华民族的一分子。

我一直就不认同这样的观点。看纪念馆内列数靖康至建炎五年金军在中原和江南各地的暴行，寥寥文字，触目惊心。面对灭绝人性的烧杀抢掠、倒退生产、破坏文明，奋起抵抗、保卫家国、救护百姓、使经济文化生产力得以继续发展者，如何不是中华民族的英雄？

金兵二度南侵，亡北宋，洗汴京，掳徽钦二帝、皇族宗室、臣子百工、青壮男女，劫财宝无数。赵构偷安江南，完颜宗弼率军南渡长江，搜山检海，企图将南宋消灭殆尽。

中原沦陷、江南荼毒、百姓罹难、社稷将覆，是可忍孰不可忍。于是韩世忠首开士气，以八千人困十万金兵于黄天荡四十多日。一直就决绝表明"中原地尺寸不可弃"的岳飞，更是在英勇抗击中崭露头角，接连大败金军。牛头山，他亲率一百黑衣士兵夜袭金营，"大破金兀术"，而后收复建康，将金兵彻底扫出江南。

岳飞从建康凯旋，有宜兴张氏壁厅题记曰："近中原板荡，金贼长驱，如入无人之境。将帅无能，不及长城之壮。余发愤河朔，起自相台，总发从军，小大历二百余战。虽未及远涉夷荒，讨荡巢穴，亦且快国仇之万一。今又提一垒孤军，振起宜兴。建康之城，一举而复。贼拥入江，仓皇宵遁，所恨不能匹马不回耳……"性情文字，照见肝胆。

岳飞精通武艺，强弓硬弩可左右射。看他的诗文，亦极有才。除了著名的《满江红》《小重山》和《池州翠微亭》，我还很喜欢他的《宝刀歌书赠吴将军南行》："我有一宝刀，深藏未出韬。今朝持赠南征使，紫蜺万丈干青霄。指海海腾沸，指山山动摇……"华彩奇幻，气势迭出。

建康恢复，金军北返，从海上逃难回来的皇帝终于找回了一点信心，同意岳飞进军北上。于是岳飞锐意北伐，复襄阳六郡，作为连接川陕、北图中原的战略要地。之后的两次北伐，又继续收复失地，并缴获大量战马，为组建能在平原对抗金军精骑的南宋骑兵部队打下良好基础。

然懦弱的南宋朝廷始终战和不定，令出反复，更于绍兴八年，与金签订屈辱和议。岳飞反对和议，表明："金人不可信，和好不可恃，相臣谋国不臧，恐贻后世讥。"但皇帝要和，做臣子的没有办法。只豪气难抒、壮志消磨，遂二上奏札，请求解职退隐不许。

那一首蕴藉婉约的《小重山》便作于此时。

他不傻，自是看得出皇帝的心思，赵构无意北伐。江南风物，杭城绝佳，就在这西湖的柔橹浅棹里安度人生了吧。皇帝不是还要在西湖边给他造一座豪宅吗？别人求也求不到，顺势而为，皆大欢喜啊。可他愣是给辞了——敌未灭，何以家为？

母亲虽逝，那刺于背上的四个大字却无时无刻不在叩击心扉，叫他隐隐作痛。他从军杀敌不就是为了"尽忠报国"？半壁江山依旧沦丧，中原百姓日夜期盼。屠刀铁蹄下屈辱的家国，

艰难困苦中挣扎的人民，就这样都忘了吗？

不，不甘心啊。

哪怕朝廷不是他的知音，哪怕前路已隐现危机，韬光养晦，他依然要等一个机会。只等金人撕毁和议，举兵来犯。到那时，就算提一己孤军，也要与之拼力一战，趁便北伐，恢复中原。

绍兴十年，金兀术果然撕毁和议，大军分四路攻来。和议三年，岳家军严操苦练，没有丝毫懈怠。金兵围顺昌，赵构急命岳飞救援。刘锜顺昌大捷，岳飞旋即挥师北上，全力出击，行动超出朝廷限制。

秦桧调开中线战场刘锜和张俊的大军，致使岳家军势孤无援，独自面对金兵主力。岳飞虽孤军深入，却依旧率将士浴血奋战，以少胜多，连克蔡州、颖昌、陈州、郑州、洛阳等地。

岳飞上《乞乘机进兵札子》言："此正是陛下中兴之机，乃金贼必亡之日，若不乘势殄灭，恐贻后患。伏望速降指挥，令诸路之兵火急并进，庶几早见成功。"

接连上奏，然援兵不来。岳家军以寡敌众，血战金兵。岳飞亲率精骑冲杀阵前，岳云以八百背嵬军抵抗金军数万人马，从早到晚，昼夜厮杀，直杀得人为血人、马为血马。张宪奋勇退十二万金兵三十里，杨再兴战死小商桥，身上取下的箭镞重达两升。

郾城大捷、颖昌大捷、朱仙镇大捷，战果辉煌、士气高昂之际，却盼来一纸"措置班师"的诏书。岳飞再上《乞止班师诏奏略》，累千百言，反对班师。此奏今仅剩概略，但即便寥寥数语，也可见"忠义之言，流出肺腑"。奏曰："契勘金虏重兵尽聚东京，屡经败衄，锐气沮丧，内外震骇。闻之谍者，虏欲弃其辎重，疾走渡河。况今豪杰向风，士卒用命，天时人事，强弱已见，功及垂成，时不再来，机难轻失。臣日夜料之熟矣，惟陛下图之。"

朱仙镇离东京开封府只有四十五里，中原恢复就在眼前。而岳飞素来主张的"连接河朔"之谋，此时也发挥出巨大效力："河北忠义四十余万，皆以岳字号旗帜，愿公早渡河。""自燕以南，金号令不行。"

"岳帅之来，此间震恐"，金军气势败颓、无心应战。

拿下东京、渡过黄河，不但旧疆可复、大宋中兴，甚至可以夺回在石敬瑭手里丢失的燕云十六州。

怎不叫人心潮澎湃？

岳飞道："直抵黄龙府，与诸君痛饮尔。"孰料十二道金牌一日急来。

"十年之功，废于一旦。所得州郡，一朝全休。社稷江山，难以中兴。乾坤世界，无由再复"，终叫人仰天长叹、泪下沾襟。

岳飞纪念馆史料翔实，图文并茂，细细品味，收获良多。只两点不好：一是馆内似乎没空调（即使有也没开）。夏日着装短少，蚊虫太多，"噼啪"掌击声此起彼伏，叫人不能静心观览。二是两位打扫卫生的清洁人员。游客都在参观了，她们还拿着扫帚拖把闲聊，一桶脏水拦路而放，手里的鸡毛掸子挂

着抹布几乎要晃到人头上去。

走出纪念馆，往南见两座亭轩，一名"正气轩"，一名"南枝巢"，取名皆有用意。再往南入一庭院，南北两侧皆有碑廊，为岳飞诗词奏札和历代凭吊题咏重建碑记。东侧照壁有"尽忠报国"大字，西南角有井名"忠泉"，中间是"分尸桧"和"精忠桥"。

过精忠桥，往西进入岳飞墓园。墓阙两侧便是当年陷害岳飞的秦桧、王氏、张俊、万俟卨四人跪伏铁像。墓阙上刻名联："青山有幸埋忠骨，白铁无辜铸佞臣。"墓道不长，有石像生和石翁仲。岳飞墓居中，岳云墓在侧，两边石柱刻："正邪自古同冰炭，毁誉于今判伪真。"

站在墓前，望着那一大一小英雄父子的墓穴，真的是悲从中来。

岳云，岳飞长子，十二岁从军，屡建奇功。大战颍昌，更是"出入行阵，体被百余创，甲裳为赤"。岳飞皆隐功不报，朝廷给予封赏，亦累表不受。就是这样一个赤胆忠勇、一心为国的少年将军，最后竟是无辜屈死于南宋朝廷的屠刀之下，在二十三岁人生最灿烂美好的年华。

岳飞死时亦不过三十九岁的壮年，和岳飞父子一起被害的，还有一样舍生忘死、血战沙场、殊勋累累的张宪。

一个懦弱的朝廷，自毁其万里长城之时，却一点也不胆怯。

岳飞不是"功高震主、尾大不掉"的狂妄之将。他忠孝仁义、谨慎机敏，"恂恂如书生"，极具君子之风。他说："文

官不爱钱，武官不惜死，不患天下不太平。"他至孝节俭，家
无姬妾，大将吴玠盛情以美女妆奁赠之，他亦婉辞不受。他说
用兵之术"仁、智、信、勇、严"缺一不可，作战谋定而后动，
每战俱身先士卒，冲锋在前。南灞桥头，为掩护大军和百姓过
江，他亲率后卫死拒金兵，身被数十创。他令出如山、治军从
严，"冻死不拆屋，饿死不掳掠"，军粮用尽，将士忍饥也绝
对不扰民。他严于律己、厚以待人，凡朝廷论功，只说"将士
效力"，所得犒赏，皆分于众，故军心凝聚，"撼山易，撼岳
家军难"。

他洞察秋毫，深知上意，也明白眼前的危险。但他始终将
百姓、国家、民族的利益放在首位，给自己选了一条不归路。
不然，退便阿附帝相、明哲保身，在那"暖风熏得游人醉"的
江南城市里安享富贵荣华。进则干脆刀枪并举，以清君侧，取
而代之也罢。军权在手、将士用命，谁叫你赵构、秦桧投降卖
国不修德。

他早年便有诗句"我来嘱龙语，为雨济民忧"。奉诏平虔
州时，赵构密旨屠城，他则再三请求只杀"贼首"，赦免"胁
从"。奏章、诏书来回急传数次，赵构最终应允，虔州百姓得
以保全。朱仙镇撤军，中原百姓拦道痛哭。他亦哭，取诏示众：
"吾不得擅留。"但仍冒着被金兵主力追击的危险，停军五日，
帮助大批百姓南撤，并上奏妥善安置。

十几年舍家为国、驰骋沙场，唯待河山恢复、国强民安，
便退隐林泉。不想前途被阻，归路也无。他被执大理寺，只道：

"皇天后土，可表此心。"此外，便是"天日昭昭"。痛心疾首，不过是差一步就能克服旧都中兴家国，殒身不恤宁愿在那疆场关山。

明明已宋强金弱，偏偏要屈膝求降。绍兴十一年，宋金第二次和议达成。南宋对金称臣，淮水大散关以北尽数归金，并岁贡银、绢各二十五万两、匹。

一个一意偷安，不思国家、人民，只想自己太平一世的皇帝，一个卖国求荣、私心谋利、委身敌酋的宰相。宋军将士用生命和鲜血换来的土地就这样被轻易割让，中原百姓众志成城、朝夕以盼、心向王师的热忱就这样被彻底浇灭。

和议一个月后，岳飞被害于临安大理寺狱中。因金人提出"必杀飞，始可和"的要求，在他们看来"岳飞不死，大金灭矣"。

纵千年之后，读史至此，也能叫人吐出几口血来。千古英雄，惜不遇明主。不要说唐皇汉武那样的君主，哪怕是晚几十年的宋孝宗和宋宁宗，亦不会是这样的下场。有"恢复之将"，无"恢复之君"。有"恢复之君"，却已无"恢复之将"。

赵构忍弃中原，秦桧提出"南人归南，北人归北"。百年之后，就是一个出生在北方的汉人，于崖山海战中率领元军击败宋军，灭亡了南宋。

这真是最深切的悲凉。

那时在张煌言墓前但愿这世间再无战乱纷争，可天下熙熙皆为利来，天下攘攘皆为利往，用来争夺利益的终极手段，到底不会灭绝。经济发达、文化繁荣、人民安定、国家富有，但若没有一支强大军队的保障，只看两宋的结局，便可鉴一二。

唯民心不可侮，唯良心不可欺，唯公心不可忘，团结一心、勠力兴国。如此，英雄才不白死。他留给我们的精神感召，才是超越生命的国家民族之瑰宝。

离开岳飞墓，复回大殿。此时游人已络绎不绝，一带团导游举着喇叭说："来了杭州，你一定要给民族英雄买个花……"再看适才那卖花人，正举花兜售。

我默然而出，站在岳王庙前，看北山路对面西湖岸边的"碧血丹心"坊，心绪涌上。

我想岳王庙作为一个爱国主义教育基地和国防教育基地，可否也如于谦祠和张煌言祠那样免收门票，让更多的人来瞻仰学习，接受熏陶。可否取缔庙内借英雄名义牟取暴利的商业行为。可否在岳飞纪念馆内安装空调，做好夏季灭蚊工作，各项卫生清洁于开馆前完成，保证良好肃穆的参观氛围。

当然，这是几年前，如今不知怎样。

"碧血丹心"坊的面前就是西湖，湖中舟船点点、波光粼粼。

为什么这西湖总叫人如斯沉醉？我想是其不仅有自然山水之灵秀绝美，还有文人雅士的诗词歌赋与贤明政客的朗朗襟怀。不仅有苏小小的风月相思和白娘子的爱情神话，更有像"西湖三杰"那样为国为民、舍生忘死的英雄人物。

君子之风，高山景行。一代豪杰，万世楷模，他们是炎黄

的骄傲、中华的脊梁、民族的光芒。这轻柔的西湖水，承载着历史、文化、精神、信仰的厚重，自然美得格外与众不同。

它因此潋滟生姿。

也因此，人间始觉重西湖。

何时关山

十一月初去北京旅游，碰巧在我生日那天去登长城。本来要去八达岭，听说人太多，于是去了慕田峪。

慕田峪长城是在北齐长城的遗址上由明初大将徐达督建，后经抗倭名将戚继光多次修缮而成，虽然离市区较远，但比起八达岭，人确实不多，三三两两中倒有不少老外的身影。

我选择爬慕田峪长城的西线，乘缆车直接到了十四台，慢慢往上走。

前几天北京初雪刚落，长城上残雪未消，积在地面两侧和城墙垛口上，时断时续。天色阴郁，没有太阳，薄雾蒙蒙，笼罩山间。

慕田峪长城游客到达的最高点是二十台，我的目标便在那里。台，就是敌台，也叫敌楼，可以存放武器、弹药、粮草和驻扎士兵。下缆车到二十台，敌楼不过六七处，全部走完也得几小时。砖石结构的城墙绵延向上，城墙两侧都有垛口，修缮保存完好。十四号敌楼到十七号敌楼山势整体平缓，边走边可欣赏风景。

时已初冬，木叶萧疏，凋落殆尽，只有几棵贴着城墙外侧

的大树上挂着些红黄的叶子，摇曳枝头。如果早来月旬，想必这儿也是一番红浪翻卷、彤云布满的景象。

走进一幢二层高的空心敌楼，山里的雾气从箭窗飘入，朦胧于石室中。在室内的各个券门间转来绕去，如入迷阵，抬头又见其上一个四四方方的口子。之前的敌楼，这样的地方有阶梯通向上面的空间，这里可要怎么上去？看一旁牌子上的说明，才晓得原来此处可以悬挂软梯。如果敌兵进入楼内，撤去软梯，人就很难上去。

慨叹着设计者的聪明才智，走出敌楼，继续往前，山势陡升，台阶开始增多。我气喘吁吁，放眼远眺，依稀是长龙逶迤，没有尽头。我于是不望前路只看脚下，一步步心无旁骛向上攀登。

海拔增高，越往上越觉疲累，有点想打退堂鼓，但还是决定坚持下去。

走着走着，雾气渐收，天色明朗起来，砖石上生出影像。登上一截石梯，穿过一处敌楼，四下里忽而亮堂。抬头，便被眼前景象震撼。

只见一侧城墙外白云蒸腾，汹涌成海。一轮红日在云海上灿灿耀出金光，晃得人睁不开眼。

原来从山脚一路行来天色阴霾，是太阳被阻隔在了这一片云海之上啊。

我扒着垛口探出头去，云气升腾，伸手可揭。前面一段城墙顺着台阶就能步上，我站上去，张开双臂，直面金乌云霓，

有一种想纵身一跃，跳入那密密层层、厚实无比的大棉絮堆里
的冲动。无须抬头仰视苍穹，此刻我就身在天际。

十九号敌楼到二十号敌楼考验体力，特别是被称为"好汉
坡"的最后一段，石阶倾斜陡直达七八十度，需要手脚并用才
能上去。二十台是慕田峪长城可以攀爬的最高点，再往前，就
是没人管理的野长城了。

我又往上爬了一段，这时候，周围已经没有其他人了。脚
踏长龙，回首望群山苍茫，浩浩乎如冯虚御风，飘飘乎如遗世
独立。

如果二十台有个卫生间，我真想连野长城也一块儿爬了。
祖国的山河多么美丽，这蜿蜒于中华大地、连绵山峦上的城墙
何其壮观，人间值得啊。

爬过慕田峪长城，我对万里长城的兴趣愈加浓厚。之后去
嘉峪关，在长城第一墩看讨赖河于两侧黄土崖岸高耸的峡谷里
流淌。灰白的戈壁滩被翡翠般淡绿色的冰川融水冲刷着，河流
汩汩，夹杂满耳呼呼的风声，形成旷远空间的主旋律。不远处
的崖壁上，静立着明长城的第一个烽燧——讨赖河墩。

我又去爬了嘉峪关北侧延至黑山的悬壁长城，黄土砾石夯
筑的城墙在陡峭的山脊上凌空倒挂，与南向至讨赖河墩的长城，
形成嘉峪关伸展的两翼，护卫着河西走廊。

参观完嘉峪关长城博物馆和各处景点，我在明代长城最西
端的关城上静看落日。城墙、敌楼、马道、火炮，夕阳在关城
上投射出斑驳影像。关外一望无垠的戈壁接连天际，远处祁连

山的积雪泛出圣洁的光芒。白云镶了金边，慢慢变成灰黑的颜色。霞光四照，仿佛有火焰在雪峰和乌云间燃烧，漫天遍野、风卷燎原。太阳没入云层和远山的时候，城楼上一瞬暗下，时光恍惚重叠在了千年前的某个黄昏，也是这般寂寂关城、茫茫雪山、灿灿晚霞，一片苍茫辽阔的景象。

长城始建于春秋战国，秦长城连接起六国长城，汉代的长城又在秦长城的基础上延伸。

汉武帝列四郡据两关，敦煌郡西面南有阳关，北有玉门关，是汉代长城的重要关隘。

阳关的古董滩上，四望唯有苍茫戈壁。烈日下，残存的烽燧孤独矗立。此时我想起的不是王维的"劝君更尽一杯酒，西出阳关无故人"，也不是庾信的"阳关万里道，不见一人归"，而是陈子昂的《登幽州台歌》。这是我很小的时候就会背的诗，一直不知道它好在哪里。短短四句，简白如话，仿佛连诗歌的韵味都没有。但那时，我知道它成为千古绝唱的原因。前不见古人，后不见来者，自己也终将成为过客。在宇宙所谓时间和空间的维度里，我们是微尘中的微尘。这瞬时的悲怀、动情的泪水，是唯有在那苍茫天地、旷远景物里才能触发的感受。

玉门关，声名远播。到了眼前，只是个残缺不全的四方城堡。其实连城堡也说不上，不过是四面黄土夯筑已风蚀残破的石墙，默立于戈壁荒漠之上，并不见著名的长河与远山。没有太阳的时候，石墙触手冰凉，毫无热度，在那一片天地中显得孤寂无聊。

可是，当你想到那些诗句："明月出天山，苍茫云海间。长风几万里，吹度玉门关。""长安一片月，万户捣衣声。秋风吹不尽，总是玉关情。""羌笛何须怨杨柳，春风不度玉门关。""闻道玉门犹被遮，应将性命逐轻车。""青海长云暗雪山，孤城遥望玉门关。"想到投笔从戎、功垂西域、年近古稀的班超上书朝廷："臣不敢望到酒泉郡，但愿生入玉门关。"想到唐人戴叔伦有诗云："愿得此身长报国，何须生入玉门关。"便觉得眼前这残破、单调、粗粝的土墙，是那么美轮美奂、韵味流长。它承载日月风光、家国兴亡、生命情感，它充满勃勃生气、脉脉温情和慷慨激昂。

离玉门关不远的汉长城遗址，是一段残存的土墙。但在那风化剥落的土墙里，除了黄土沙砾，依然能瞧见一层层芦苇、红柳、芨芨草的踪影，这是建造长城的人们因地制宜、就地取材的智慧结晶。

历史的车轮滚滚，几千年中华文明，遥想这最初用来军事防御的巨龙的矫健身姿。它凝聚着中华儿女的勤劳、勇敢、智慧和毅力，是中华民族的脊梁和伟大精神的象征，是我们对和平、富足、美好生活的向往，是作为炎黄子孙的自豪和中国人的骄傲。

我想用脚去丈量它的长度，居庸关、雁门关、司马台、金山岭……我想去爬更多的长城，看更多的风景，了解更多长城的历史和文化，我想写一本与它有关的散文集《何时关山》。

谁知道两年后因为摔跤，绑了个我以为没有必要的石膏，

发展成下肢深静脉血栓呢？

治疗休养一年，腿脚依然有不适。血管外科医生说要穿弹力袜，避免久坐久站。骨科医生的诊断结论是"右膝髌骨关节炎"，叮嘱我调整活动方式，不能爬楼登山。

我庆幸之前去看了黄山的日出，登了华山的西峰，爬了慕田峪的长城，钻了武夷山的一线天，走了梅家坞的十里琅珰，寻了贺兰山的岩画和羚羊……

可是，我再也爬不了长城，也写不完那本《何时关山》。

不能说没有沮丧和遗憾，所幸我还有笔和笔下的文字。

心中存丘壑，笔端绘风光，便一样可以畅游这天地山河吧。

虽然我不能再身临其境望到长城内外壮丽秀美的风景，但长城已屹立我心。我有个宏伟的目标要去实现，如同爬长城，也需攒起勇气，一点点坚持，一步步努力，向着顶峰不断攀登。

无限风光在险峰，不到长城非好汉，这辈子总要做成点什么不是。

即使过程很难很累，可沿途也有美丽的风景。只要勤奋、勇敢、坚韧、执着，就能走出雾气阴霾，去看见云海上光芒万道的金乌，明媚耀目。

我原先想给这篇文章起个直白的名字"登长城"，为了纪念那本不能完成的散文集，便叫它——何时关山。